風と一縷の愛

イタリア・アブルッツォ州の三人の詩人

D・カヴィッキャ、D・マリアナッチ、R・ミノーレ

松本康子編訳

思潮社

ダニエーレ・カヴィッキャ

レナート・ミノーレ

ダンテ・マリアナッチ

風と一縷の愛

――イタリア・アブルッツォ州の三人の詩人　D・カヴィッキャ、D・マリアナッチ、R・ミノーレ

松本康子編訳

思潮社

Daniele Cavicchia, Dante Marianacci, Renato Minore

Vento e filo d'amore

Antologia di poeti abruzzesi (Italia)

Presentazione di Mario Luzi

Con una nota di Francesca Pansa

Cura e traduzione di Yasuko Matsumoto

L'editore Shicho-sha

風と一縷の愛　目次

ラクイラの震災犠牲者に捧げて

福島の津波犠牲者に捧げて

ダニエーレ・カヴィッキャ詩撰

ダンテ・マリアナッチ詩撰

レナート・ミノーレ詩撰

風と一縷の愛

ご挨拶

イタリア・アブルッツォ州の多くの街からまねかれて、詩人高野喜久雄氏[*1]は日本とイタリアを頻繁に往復し、日本文化をイタリアの若者たちに伝えました。その州都市、ラクイラからまねかれたのが、詩人の最後の旅となったのです。この街の素晴らしい歴史や文化を誇りとし、熱心にそれを保護する市民たちの郷土愛を、まのあたりに見て、強く心を打たれた詩人は即興詩を書き、ラクイラ市に献呈されました。二〇〇五年十月二十二日のことでした。翌日、地方紙はこの詩を公表し、詩人へ深い感謝の意を表明したことが、いま、彷彿《ほうふつ》と思いだされます。

ところが、二〇〇九年四月六日午前三時三十二分、突然おそった大地震は、その長い歴史と文化に輝くラクイラとその周辺の町々を、一瞬のうちに破壊し、多くの犠牲者をだし、いまなお、その無惨な爪跡を生々しく残しております。

さらに、二〇一一年三月十一日午後二時四十六分に発生した三陸沖の巨大地震、その津波による福島の大悲劇にイタリア人は驚愕し、日本人犠牲者へよせた、まことに人間性に満ちあふれる、優しい心遣いと温かい友情をひしひしと噛みしめたものでした。震災への不安は、悲しいことにイタリアと日本に共通する現実なのです。

日本と通じあうアブルッツォ州は、ローマから東南のアペニン山脈からアドリア海へとひろがる、豊かな美しい自然にめぐまれるイタリア中部の地域です。日本にはあまり知られていない、この地域の歴史、特質、文化などについて、イタリアの女性ジャーナリスト、作家のフランチェスカ・パンサ女史[*2]にお書きいただきましたので、《まえがき》を通して、ご案内させていただきます。

本詩集でご紹介する三人の詩人は、アブルッツォ州に故郷をもち、その出身者であることに誇りをいだき、さらに高野氏のお人柄とその素晴らしい詩作品を通しても、日本人の高い精神性に敬愛心をよせている文化人です。日伊両国の震災犠牲者へ深い思いをよせ、ラクイラと福島の犠牲者へ捧げる詩をお書きになったほどです。

ダニエーレ・カヴィッキャ氏は、生地モンテシルヴァーノ市に居住し、近くのペスカーラ市で勤務しながら、アブルッツォ州の文化活動に貢献している詩人です。

ダンテ・マリアナッチ氏は、キエティ県アリ市出身で、多くのヨーロッパ主要都市のイタリア文化会館館長をつとめながら、イタリア文化の海外紹介に献身するかたわら、アブルッツォ州の国際的文化事業を積極的に推進する詩人です。

レナート・ミノーレ氏は、キエティ市の出身ですが、若いころからローマに在住、イタリア主要新聞の新聞記者として、また文芸評論家として高い評価をうけており、故郷アブルッツォ州内の、多くの文化的企画の中心人物として活躍する詩人です。

さらに、ミノーレ氏と同じ故郷を持つ人には、日本文化を初めてヨーロッパへ紹介した、歴史的な人物がいます。イエズス会のアレッサンドロ・ヴァリニャーノ師で、日本史に重要な足跡を残した天正遣欧少年使節団を率い、三年間の苦難な海の旅をへて、一五八五年、ローマへ到着、当時のローマ法王と謁見、イタリア各地のみならず、ポルトガルやスペインで歓待をうける旅行を実現させた人でした。この過去の人物を通しても、アブルッツォ出身者の進取的精神に溢れる心の豊かさと忍耐力、誠意ある友愛心は、どこか私たち日本人と通じあうものが感じられます。

本書収載の各詩人の作品については、イタリア二十世紀を代表する国民的詩人マリオ・ルーツィ氏[*3]の解説を通して、ご紹介させていただきます。

あの前代未曾有の悲劇から一年が経過しました。多くの犠牲者へよせるイタリア・アブルッツォ出身の詩人たちの熱い思いをお伝えし、日伊の絆を深めることにお役に立てれば、と心から願い、私の非力をも顧みず、本書の上梓に臨みました。刊行に際し、大変お世話になりました思潮社の小田康之氏に深く感謝いたします。

平成二十四年三月　ローマにて　　松本康子

＊1　高野喜久雄（一九二七‐二〇〇六）荒地派詩人として、一九五〇、六〇年代に活躍。代表作品《独楽》《存在》など。《高野喜久雄詩集》（現代詩文庫、思潮社）を一九七一年に刊行以降、二十数年の沈黙期間、数学者として、円周率πの世界的新公式を公表、さらに多くの合唱曲の詩作を行なう。一九九六年、イタリアで彼の第一詩集の翻訳出版後、異例の反響を呼び、二〇〇五年までに合計五冊のイタリア語訳詩集が刊行され、イタリア各地から頻繁に招聘を受け、多くの講演、詩の夕べ、学生たちの会談などに参加、熱狂的な歓迎を受けた。二〇〇五年、複数の国際詩人賞を受賞。彼の突然の訃報は、多くのイタリアの彼のファンに大きな悲しみを与えた。

＊2　フランチェスカ・パンサ（ローマ在住）ジャーナリスト、作家、テレビ作家。イタリア現代詩アンソロジー《不在と欲望》、《愛の詩》、《愛、愛、愛ゆえに》その他の監修者。《才媛たちの綴る物語》、《完全

な世界》、《家に帰りたい》、《男を憎む女たち》その他の作家。さらに数々の劇作品、テレビ作品の執筆者として活躍中。二〇〇四年『女性と文化』賞受賞。

＊3　マリオ・ルーツィ（一九一四―二〇〇五）詩人、劇作家、随筆家、翻訳家、エルメティズム創立者の一人と見なされている。二〇〇四年終身上院議員に任命される。一九三五年に詩集《小船》でデビュー以来、《夜の到来》、《マグマの中で》、《論争の焦点で》、《我らが断片の命名によせ》など多くの詩集を刊行。劇作品では《イパーツィア、女司祭》が特に注目に値する。彼の日本語訳詩集、《言葉よ　高く翔べ》松本康子編訳（思潮社、二〇〇九年刊行）をご参照されたい。

まえがき

なぜだか、またいつ頃からか判らないが、その不可解な物体はアブルッツォ州の、とある辺鄙な場所で、宇宙船に支えられた火星人文化ではないか、とさえも考えられていた。その物体とはカペストラーノ[*1]の戦士で、アブルッツォのような土地では、その魅力が全地域に輝き、真の神秘的なシンボルとなっている。

その姿を見学したい方には、キエティ市の国立古代博物館を訪問されることを、お薦めしたい。キエティは、ラクイラ、ペスカーラ、テラモの各県とともに、アブルッツォ州四県の県都市のひとつである。

たとえ火星人が残したメッセージではないにせよ、その戦士の姿は非常に堅固な両脚に支えられて、一種の盾かもしれないような鍔《つば》のとても広い、すこし変わった形の帽子で頭ぜんたいが保護され、その強力さですべてが輝いている。とは言え、はたして実際に戦闘服を身につける戦士なのだろうか。

私たちには知られていない火星人文化の形跡であることは、確かである。その強壮な人物像だが、非常に丸みのある腰の格好をみると、周辺の山々から保護された土地で、まさに血で血を洗う戦いをしながら、古代ローマの中央政権に反対した、はるか彼方の土地の太古の智者の風貌を想像させるものがある。だが、この謎めいた服装をしたというか、むしろ数千年の歴史に挑戦した、非常に堅固な石に彫られた人物像に、どのように接近すればよいのだろうか。

カペストラーノの戦士は一つのシンボルでもある。長い間、アブルッツォの人々がどのように理解されてきたかの象徴なのである。火星人のように謎に包まれ、大都市の偉大な中央政権から、やや（というか過分に）孤立し、かけ離れているとは云え、「真の田舎の君主」のように、原住民の誇りを充分に維持していることである。現在この州は、イタリアやヨーロッパでも多くの旅行者の立ちよる観光地の一つとなっているが、それも、大気の汚染のないバラエティーに富む、まさに自然のままの風景に接することができるからである。

現在、アブルッツオ州の約一万八百キロ㎡の土地に百三十万人が住んでいる。一時、この地方は移民が多く、人口が大幅に削減した。とは言え、アブルッツォの定住民とイタリアの他の地方とか、外国に移住する人口の割合を見ても、年々、わずかとは言え、増加のつづいているのが現状である。

アブルッツォを象徴する紋章は、盾《たて》先が下方にむけられた古代イタリア的フォームの形を示している。その意味は簡単である。盾は三段に区切られており、上段は白色、これは山頂の白雪を象徴し、中段の緑は丘陵地の色、下段の青は海の色をあらわしている。まさにイタリアを縦走するアペニン山脈の高山、その近辺の丘々から裾野へと広がる平野、そしてアドリア海にいたる、勇壮しかも美しい自然にとり囲まれた州の形態的、経済的、社会的特徴をこの紋章に要約しているのである。

またアブルッツォ州は、偉大な文学者を輩出したことでも注目されている。十九世紀から特に二十世紀にかけて、国際的反響を呼ぶにふさわしい、アブルッツオの優秀なインテリの存在が、急に顕著になってきたことである。とくに、哲学者、歴史家、作家として活躍した、真の文化的創始者ベネデット・クローチェ[*2]の名前はもとより、作家、また詩人として、爆発的な人気を得た、ガブリエーレ・ダンヌンツィオがただちに思いだされる。ダンヌンツィオの作品は世界中で翻訳され、称賛され、多くの人に読まれるようになった。まさに彼は、流行や社会的痙攣、精神的また異端者的典礼の着想者——隠しだてもせず——であった。さらに、その時代にとっては記念すべき大がかりな「商業宣伝」で、映画から宣伝活動まで全マスコミに影響をあたえ、時代の文化市場において驚異的な現象をもたらし、非常に大きな機械販売促進の効果を、上手く設置した大詩人であった。

とは言え、ダンヌンツィオの名前だけで、二十世紀アブルッツォの文学界を言及し尽くすわけではない。アヴェッツァーノ市出身のイニャーツィオ・シローネのように、彼の生地に深い絆をもち、同時に「実にヨーロッパ的である」ことも、著名なフランス作家カミュは理解したのであった。《フォンタマーラ》や《葡萄酒とパン》などで知られる、シローネの小説は、自分の祖先、自分史の一部に達するための、まことに己の心の真の道程ではなかろうか。

さらに、ペスカーラ市出身の作家、シナリオライター、ジャーナリストのエンニオ・フライヤーノを思い出すべきである。彼は、非常に緊迫した状況下にあっても、辛辣な皮肉をまじえて、それを余り気にしない彼の特質により、文学や映画界では、唯一の人物として知られている。多才なジャーナリスト、さらにフェデリーコ・フェッリーニの脚本家の背後に隠れた偉大な作家であった。外見的には、二流作家の仕事に見られる、文学ジャンル間を逍遥できる少数の作家として、彼は、すべてにわたって省察を行い、報道記事とともに、思想の衝突により生じた議論の空想上の点火などを、自由奔放に、知能的明晰さの魔法をとき、種をまくため、アフォリズムの形式を介して表現できた人物である。まことに誰にでも、でき得る技ではない、と言えよう。

またアメリカでは、ヘミングウエー、フィッツジェラルド、フォークナーなどの小説家に近づく名前として、ジョン・ファンテを思いだすべきであろう。

彼は、両親の生地トッリチェッラ・ペリーニャを訪ねることを慎重に避けた、イタリア系アメリカ人小説家である。たとえ、その精神と風習などが変容されたにせよ、この土地は、彼の小説《春まで待て、バンディーニ》、《塵に訊け》の中では、先祖代々の神話的な場所、として描写されている。

古代アブルッツォの時代では、ダンヌンツィオによく相似した人物として、コンフェットの祖国[*3]、スルモーナのオウィディウスの名前が、直ちに思いだされる。彼はローマ時代の偉大な詩人であった[*4]。エロスとユートピアの間で文筆活動をおこない、アウグストゥス帝時代の古典主義の精神的、文学的伝統との関係をたちきり、ヘレニズム文化の後継者として、ローマの文化に着想しながら、彼の傑作《メタモルフォセス》を書いたのである。この著作の中で、人間の存在とか、より下級と見なす、実在の神話的存在、動物や植物、石とか泉、あるいは天体などの、多くの突然変異の伝説的な出来事を書きとめたのであった。おそらく彼の、この自由主義的、革新的精神のため、古代ローマの霊性の退廃を招く人、と見なされ、アウグストゥス皇帝によりローマから追放されたのであった。

ペスカーラからローマを遮断するアブルッツォの峠を越え、コクッロ、チェラーノ、アヴェッツァーノなどの町を経由、高速道路は、ローマへと直結する。あるいは二〇〇九年四月の恐ろしい地震で、多くの犠牲者をだした、九十九の泉で知られる街、ラクイラ方面へ、またマイエッラ山の支脈の始まる地点にある、ランチャーノへと走る道路、さらに、モンテシルヴァーノの長い直線道路を経て、ペンネやラクイラへ、あるいはグラン・サッソ連峰により囲まれた、テラモ市の穏やかな土地へと入ってゆく。これらの土地状況を考察する時、はたしてこの州は南部地方、と言えるかどうか、いつも疑問が湧いてくる。

数人の経済学者や歴史家は、イタリアが、ヴァチカンとブルボン王国の間で分割されていた頃、その真ん中のイタリア領土の所属問題に関心を注いだことがある。だが、そこに息づいていた文化はナポリ王国の、あの古代圏に、その所属性を連れ戻すのである。とはいえ、確実で客観性の有る分析によると、アブルッツォ州は二つの大きな地域、アドリア海側とアペニン山脈側に分かれており、それぞれが、非常に異なる様相を呈していることである。

アドリア海沿岸のペスカーラは上品で楽しい街である。その広大な海辺には、夏季に多くの海水浴客で賑わいを見せる。またロマーニャ[*5]海岸に見られる娯楽場も多くみられるとはいえ、完全に南イタリアに位置する近くのプーリャ地方の商業的な積極性も有していることである。

ダンヌンツィオが羊飼いたちを髣髴《ほうふつ》させた時、山々から平野へ、つまりアペニン連山からアドリア海へと家畜と羊飼いたちが、季節移動をする姿を見ていたからであった。またグラン・サッソの丘々から、羊の群れを率《ひき》いて商いに行く人たちの通過を思い出させたのであった。ところが、内部は異なってくる。州の内部を見ると、数十年前までは、国境を接する山の多い、小さなモリーゼ州[*6]に結ばれたアブルッツォ、と判断した政治的結合により、その基礎を定めていることである。丘や山の多い小さな町並を見ると、イルピーニア、サンニオ、バジリカータなどのように、あまりにも、たがいに良く似かよっており、シーラからグラン・サッソにいたる町の文化や農民たちの習慣には、あまり変化がない。

それにもかかわらずアブルッツォの人々は、文化的にきめの細やかなセンスを有している。最近、その小さな州は中南部の他のすべての州にくらべると、史的文化遺産の評価を、より一層強く示したのである。とはいえ、現代性の儚い夢を断念せずに、史跡の多い地域を再建したからである。大分前の話しだが、カルドーラ館[*7]内の文化サークル主催により、叙述文学賞の受賞式が行われたことがある。

優勝者は賞として、生ハム、コンフェットをはじめ、土地特産の酢漬け野菜などを受領した。これは、文学に対する物質文化を注目した一つの現われでもあった。

さらにこの地方は、夕方になるとアペニン連山から冷たい風が吹き下ろす。それらの小さな町の中心街の人口減少の目立つことを、その風は告げていたのであった。アブルッツォでは、活気ある大きな文化的特徴として、文学的催し物の多いことに驚かされる。その中でもとりわけ、この州で今日なお、現存する一番重要な賞は、前述した、エンニオ・フライヤーノに献じた、『国際フライヤーノ賞』である。主催者は、エドワルド・ティボーニと月刊誌《今日と明日》である。映画と文学の領水を帆走しようと試みたフライヤーノ。あの皮肉っぽい陽気な作家は、地方の人間であることに、誇りを持ちつづけた人であった。その証拠に、彼の作品の一つを演じたように、彼は《ローマの火星人》だ、と感じつづけていたのであった。一人の火星人がアブルッツォ人であることを誇りに思う、と述べ、『私のアブルッツォ的遺伝の肯定的所与の中に、忍耐力、キリスト教徒的同情心（田舎では、人間は未だ善人か?）、ユーモアに好意的、素朴な態度、交友関係での誠実さ、などであり、常に第一印象にとどまることで、その後、それらの人たちへの評価を変えないこと、彼らの欠点をみとめ、むしろ自分の欠点として見いだし、その欠点を受け入れてゆくことである』と公言していたのであった。

他の有名な賞として、国際詩歌賞『ラウドーミア・ボナンニ』があり、ここ十年以来、ラクイラ市で授賞式が行われている。二〇〇五年度の、この国際詩人賞に、日本人高野喜久雄が選ばれたのであった。この機会に招かれた詩人は、街全体からの大歓迎をうけ、市の学生、さらに、その地方の刑務所の拘置人らにも講演を行い、その一連のスピーチ、談話など、われわれにとって、今なお、忘れがたい素晴らしい思い出となっている。

高野は、ラクイラの街の美しさに深く感銘し、同市に彼の詩句を献じたのである。アブルッツォ州内のさまざまな市から、たびたび招かれていた彼は、その文化や歴史、その土地へ彼が表した、心からなる敬意の証しでもあった。

本書は、松本康子の愛情をこめた編訳のもとに実現されたもので、この頁の中に、その高野の詩句を再読できることは、まことに意義深いことだと思われる。このことは、単に儚い繋がりではない、日伊、両国の詩的文化の連結をさらに、いっそう強化する意味になる、と私は深く信じている。

他の偉大な詩人、マリオ・ルーツィは、『詩が息づく時、（樹木の中に霊を宿すように）どの人の心の中にも、何かが目覚めるものだ。すべての人に属する何かが、そこにあるからである。この鋭敏な発端、この潜《ひそ》まれた生命力が—まさに樹木の内部—それを再び目覚めさせるのに役立つのである』と述べている。

本書には、アブルッツォ州の大木の中に隠された生命力、その僅かなものでも、ダニエーレ・カヴィッキャ、ダンテ・マリアナッチ、レナート・ミノーレ等、三人の詩人たちにより、日本人読者に初めて提供され、明らかにされるに違いない。彼らの眼差しのお陰で、マンション用ではない、陰や果実を提供してくれる樹木をこうして理解するわけである。それは、生命のある有機体であり、メカニズムではない。人生とその目立たなく、輝かしい美しさへよせる、かぎりない愛の所業なのである。

高野喜久雄は、ラクイラとその歴史、史跡などを見いだした時、前述のように、私たちにその様子を思い出させてくれたが、まさに、あの恐ろしい地震の打撃により、街が破壊される数年前のことであった。

フランチェスカ・パンサ

献呈詩　《ラクイラ》

高野喜久雄

「清らかな風　澄んだ大気の故里は？」と訊《き》かれたら
「それはラクイラ」と僕は答える
眼をとじれば　粗衣をまとった偉大な聖者[*8]
人々の歓喜の声と　ロバの蹄の音も聴こえる

過ぎ去った「時」の宝　大きな恵みは　今も　正しく受けつがれ
しなやかに明日へと差しだす若い手も　見守る瞳も　熱く燃えている
遥かに問いかけてくる　グランサッソ[*9]の応答の鐘の音は　九十九回
九十九の噴水が奏でる　厳かな誓いの旋律に　旅人の心も癒やされる

おおラクイラ　此処こそは叡智の砦　来てみればわかる
人は　何を忘れていたか　世界は　どんなに狂っているか
来てみればわかる　誇り高く優しい人々の土地
此処には今も　大いなる神のみ徴が息づく

＊1　ラクイラ県のカペストラーノ市で、一九三四年に発掘された紀元前六世紀頃の石像。
発掘された場所から、その名前が採られた。その身体の側面が石柱により、しっかりと支えられて、直立する戦闘士の姿を現わしており、顔は仮面に覆われて、鍔の非常に幅広い帽子を被っている。
＊2　哲学者、歴史家、評論家（一八六六－一九五二）
＊3　中にアーモンドの入った楕円形の砂糖菓子。昔からの慣例に従い、結婚式、命名式その他のセレモニーなどの際、招待客に配られる。スルモーナ産のものが非常に名高い。
＊4　ラテン詩人、紀元前四十三年、ラクイラ県のスルモーナ生まれ。紀元後十七年にコンスタンツァのトーミで死亡。代表作《メタモルフォセス》、その他の著作がある。
＊5　ボローニャより南東の地方名。
＊6　アブルッツォ州南部と隣接、他の三州に囲まれ、西北部にアドリア海の広がる州。
＊7　アブルッツォの男爵家で、十四世紀末から十五世紀初期にかけて最大の栄華をきわめた。
＊8　聖ケレスティアヌス五世教皇、（一二四一－一二九六）モッローネのピエトロと呼ばれ、スルモーナ近郊のモッローネ山中で隠遁生活をしていた。一二九四年にローマ法王に選出されるが、数ヶ月後に法王座を放棄、祈祷生活に戻る。次の法王、ボニファティウス八世により一二九六年に幽閉される。牢獄で、何者かの手により殺害された、と云われている。一三一三年、聖人として公認された。
＊9　アブルッツォ州アペニン山脈の山岳地帯、最高峰は二千九百メートルを越える。

ラクイラの震災犠牲者に捧げて

激痛のあるように

ダニエーレ・カヴィッキャ

激痛のあるように　彼女はうごかない
見るものは　瓦礫の山　在るのは
彼女の血管にふるえるもの
待っているのに　声もでない彼女
騒音をまじえた静けさに　だれもこたえない

住まい　とは　帰りゆくところ
それを認知するかぎりない思いには
違いのあるものだ　　家のかたすみの
ソファーの　思いで深いしるしに
また　どの言葉にも約束のあった
秘密のかたすみの中　などに

ひとつの煉瓦は家ではない
それでもなお　新しいはじまりである
見ているのは　だれもすわらない椅子
その主《あるじ》に生きのこった質素なテーブル

のこされた名前には　罪のない言葉
彼らの死にきづかない　言葉　など
その　冷酷な音の　ひびきがある
のこるものは　在ったこと　ではない
とは言え一日は　むだに過ぎてはならない

砂漠をこえてゆこう

ダンテ・マリアナッチ

いかなる慰めも
もはや　癒やせない
心の　深い苦しみをたずさえ
僕らは　瓦礫と化した
砂漠を　こえてゆこう
人間が　保護できなかったこと
万人の眼からは　永遠に継続して
ゆくよう　運命づけられている
と　信じていたこと
それを　自然は破壊した
僕らの混迷　狼狽したおもいには
いまもなお　高く飛翔する鷲*がいる
傷をおっても　まだ　負けない鷲だ

＊「鷲」のイタリア語は、アクイラ（定冠詞をつけ、ラクイラとなる）。
鷲は、またラクイラ県を象徴する紋章でもある。

知識と苦痛

レナート・ミノーレ

光線の　あの刃先は
網膜を　ふるえあがらせた
土砂のなかで解体された
物体の　よこたわるところ
ソファーベッドの金属品の
間で　いまや光は輝いている
地中にうめるため　かくすため
このたて揺れは　しなやかなペンチだ
　　切りきざめ
　　　切りきざめ
　　　　切りきざむべきの
ふるえる　きゃしゃな地面に
平衡をたもったまま

貴女のおきての　塵埃のなかで
窓枠や梁　煉瓦などを
仰天させていないか　どうか
のろうべきか　敬愛すべきか
無慈悲な　母なる大地よ
僕らはここで　貴女を再考する
それどころか　闇のなかで
貪欲な人の眼が　みぬいて
いるのは　皮膚の下の砕屑《さいせつ》
いかがわしい　求愛を
僕らの知識は　せせらわらい
動物の大群とか　雄蕊となる
あの狡猾さの　瓦礫のうえに
そそりたつ　高圧線の鉄塔を
僕らの苦痛が　愚弄する

福島の津波犠牲者に捧げて

黒い羽根

ダニエーレ・カヴィッキャ

蓮の花が　咲いている
問われた問いは　大きくて
問われつつ　身をゆだね
咲くほかない　というように（高野喜久雄《蓮の花》）

道にまよった天使らの
黒い羽根　それらは
日本の深いかなしみを
羊皮紙に　書きとめた

在ったことは　天国をしらない
天使たちが　君の国へ　と
さしむけた　不吉な雲のあとに
到来した　事態　になるだろう

すべてにたいし　敬意をしめす精神を
はぐくもう　と　まなんだ人の忍耐は
忘れられ　その　深いかなしみが
ひそやかに　そのまま維持される

（ほら　そこにはアネモネの花が
あの掘りだされた岩　痛んだ羊皮紙に
書かれた　この名前　など
それらをゆるす翡翠が　そこにある）

水をしずめて　大地を安定させる
他の天使らが　くるにちがいない
白い羽根で　新しい未来を
かきとめる　他の天使たち

うなじを垂れて　それをみつめる君
問いも課さない君　家はあき家で
庭は荒廃している　と知っている君
僕が占い師だ　とも　君は知っている

津波

ダンテ・マリアナッチ

そのしらせは　あけ方にとどいた。
虫のしらせか　不安にかられ
変貌した景色を　見たような
夜にさまたげられ　夢にうなされ
いつもより　はやいめざめだった。
大地と海は　死の巨大な抱擁を
まちあわす　約束をしていた。
テレビの　ひらたく　冷淡な画面に
すさまじいイメージが　ゆっくりと
なさけ容赦なく　つぎつぎにあらわれて
うなり声　騒音　どきっとする音などは
私たちの家の窓枠を　強くたたきながら
たえまなく　降りつづける雨音により

暴動中のような　自然力の猛威により
やわらいで　ほとんど　きえていった。
人間や事物など　平気でのみこむ
怪物のような　波のうねりのなかに
あの　地獄のような　遭難のなかに
うしなうことの恐怖　絶望の忘却が
ふいに　私たちをおそったのだ。
無数の顔のなかに　微笑みや涙
帰宅とか　訣別の思い出などで
窶《やつ》れはてた両眼　ひとつの顔をさがした。
やがて　驚異がおきたとき　すべては
宇宙ほどのおおきさの　非常に強力な
抱擁に　しっかりと　いだかれていた。

松島、二〇一一年　レナート・ミノーレ

松島や　ああ松島や　松島や　　　松尾芭蕉

I

海洋　大地　大空のなか
島々のうえに　さらに
つみかさなった島々は
あたかも　子供らをやさしく
いたわり　散歩のために
その手を　しっかりにぎる
両親のように　地球の
ステージのうえで
かたく　むすばれている

Ⅱ

とはいえ　地球は　ゆれうごく家だ
うちかえす　巨大な波濤は
警報もせず　いっきに
海岸へ　とおそいかかり
岸辺を　かんなでけずりおとし
泡だてながら　くだけてゆく
認識の　限度をこえ
震源地で　おそわれ
潮流で　たかまって
かぎりないカオスへ　島々へ
地平線のかなたが移動する

Ⅲ

おそろしい地鳴りに
無関心な　大自然は
人間の　すみなれていた
場所を　ぬかるみにして
メールストロム*は　たえまなく

うまれつづけ　絶対に終熄《しゅうそく》しない
ということを　理解するには
あまりにも　虚弱な
子供たちは　大海原の
炎のなかへ　すべり落ちてゆく

各人　その手には　すでに
投げてしまった　賽子《さいころ》があり
それにしたがってゆく　しかない

＊ノルウェーのモストン島の周辺海域に存在する極めて強い潮流、また　それを生み出す大渦潮のこと。

ダニエーレ・カヴィッキャ詩撰

ダニエーレ・カヴィッキャ

ダニエーレ・カヴィッキャは、ペスカーラ近郊、モンテシルヴァーノ市生まれ。同市に在住する詩人、コラムニスト、ジャーナリストである。

詩作品には、叙情詩《シオンの道へ》一九七三年刊行、《エナンの入り口で》一九八二年刊行、《様々な夢》一九八八年刊行、《サウロへの神》一九八九年刊行、《マネキン人形》一九九三年刊行、《病人の会話》一九九八年刊行、《迂闊な番人》二〇〇二年刊行、《鯨のメランコリー》二〇〇四年刊行、《ミコールの本から》二〇〇八年刊行、《水のご婦人》二〇一一年刊行、その他多数がある。

コラムニスト、ジャーナリストとして、国内の主要新聞『メッサーッジェーロ』紙、『イル・テンポ』紙を始め、『イル・チェントロ』、『アレナリーア』、『ヴァーリオ』など、数多くの日刊紙にコラムを執筆、さらに、国際文学誌『パンデーレ』、『グラッフィオブル』などの編集長を務める。『チッタ・デッレ・ローゼ』評論賞オルガナイザー書記、『オウィディウス』賞並びに、ペスココスタンツォ市の『モート・ペルペートゥオ』国際詩歌フェスティヴァルの企画者として活躍している。

二冊の未刊小説、数多くの短編小説、一幕物ドラマなどの作者。

多くの文学賞を受賞、彼の詩作品はヘブライ語、日本語、英語、ロシヤ語、ドイツ語、ハンガリー語などに翻訳されている。（日本では、紫野京子氏主宰の詩誌《貝の火》に掲載された。）

解説

マリオ・ルーツィ

ダニエーレ・カヴィッキャの作品について、何よりも私を納得させたことは、彼独特な詩作の秩序に、非難の余地のない精密な文体の安定性の見られることである。たとえ僅かだが、混乱した箇所がない、とは云えないにせよ。

とにかく、彼の芸術の中に、技巧的なものの閉じ込められている何かに出会う、と感じたからである。と同時に、自己の軽蔑した充実さに尊大ではなく、また、それに甘んじているわけでもなく、車のエンジンがかかっているように、内面的に震動するなにかを、私は感じたのであった。

本作品の定義づけについて助けを得るため、私は著名な先輩たちの散文体叙事詩を長い冬眠から目覚めさせ、ロマンス主義や十九世紀風というよりむしろ、カンパーナ[*1]やシュールレアリスト以降の、もっと現代的なそれを思い起こしてみた。だが、それらの可能性ある模範は、ことによると表面的にしか役に立たなかった。

事実、この詩の文体の内部に入ることが大切なのであった。

これが、真の問題であった。ところがこの文体は、まさに不可解なものとして認めさせよう、としていた。それは様式としてではなくて、本質としての不可解さなのである。

誰を追いかけ、誰から逃げだし、誰を探して、誰と小競り合いし、誰と意見が衝突、また、誰が突然、消失するのか?

しつこく心に付きまとう未知のこととして、ノアの洪水以来、この情勢の中に存続するのである。だから、もしも、象徴的存在を私たちが解読して、文体がもたらす熱気に満ちた状態から、それらの存在を取り除くならば、不思議で魅惑的なタイプの効果は、消えうせるに違いない。

散発的出現によるベアトリーチェ[*2]の固有性は、理解しがたいことである。ともかく、それを知ることも、この世には役だたないことだ、と分かるような気がする。さもなければ、その「生徒」を不安にさせ、信じられないほど脅かさないだろう。

とは云え、ダニエーレ・カヴィッキャは、彼に着想を与えた、《エナンの入り口で》、《サウロへの神》のような詩集を世に送った夢想性、劇的想像力の非常に豊かな詩人として有名である。

私たちが、寓意と呼んでいても、聖書の中では、むしろ幻覚やロゴスとなることが、彼の基本的要素なのである。ところがまた、私たちの苦しみ、私たちが期待することにより、鋭敏になった感受性の懊悩もまた、そこに見いだすわけである。

＊1　ディーノ・カンパーナ（一八八五－一九三二）エミーリア・ロマーニャ州都市ファエンツァ近郊の町マッラーディ生まれの詩人、詩集《オルフェイウスの歌》、《キメーラ》など。

＊2　詩人ダンテから愛された女性。一二九〇年六月八日に死亡した。ダンテ作の《新生》に「天使のような女性」の姿に替え、彼女への精神的愛を告白する。《神曲》では、「煉獄編」の第三十章から出現し、「天国編」までダンテを案内する。

《鯨のメランコリー》（二〇〇四年）から

鯨のメランコリー

……さらに、彼女自身が美しかった……自然の美しさ。
だから、かわっていったにちがいない美しさ。
天国で歌っていた時代がなかったならば……
ところが彼女は歌っていた。その歌はとても
上手く聴こえていたので、もっとも小さな思い出すらも
これほどの純粋さには、暴力的になったにちがいないほど……

ウイリアム・ホーラン*

*チェコの詩人

プロローグ

はなやかな色彩の絨毯や香煙の薫りのなかで、典礼音楽というより、十一月のメランコリーに動じない、優美なバロック音楽の感じにさえおもわれるが、世俗的特徴のただよわない、ハープのしらべにともなわれ、お前はあらわれた。

新聞や情報のほか、さまざまな話題に富む季節にあらわれて、くだかれた貝殻とふしぎな岩石を美化しているなかに、まよいこんだお前。

もしも、その呼び声がねばりづよく、熱心にその偶発性のあとを追い、お前のいのちの起源を防御することができるならば、お前はくるだろう。

燕やエメラルド、ツツジや金鳳花《きんぽうげ》など、お前の隠蔽《いんぺい》する言葉に、僕のつかれを癒やして、その特性のとざされる処から飛びたつのを、僕の意のまま、明らかにしてゆくだろう。

するとお前は、葦になりイグサになり、いろどられた垣根、お守りや石碑、すべてを浄化する大しけの海、こんなに近そうでも到達できない川岸に咲く、一輪《いちりん》の黄色い金鳳花になっているだろうよ。

めずらしい古書を解体する、ほうき星や宝物をさがしもとめる探測器のお前。透明な海の、純粋な珊《さん》瑚《ご》になっているだろう。

そして、リンネルの白い服を着たお前は、素足でやってくるだろう。

第一景

「私は、ユリカモメの時代とひき臼の時代に生きていたの。
雨が、水たまりのなかで遊んでいたころ。
影が、私たちをとつぜんさらおう、としたので、
あたらしい秘密をかかえ、息をきらして、あえぎながら、
家のなかにかくれよう、と逃げこんでいた時、
ちらりと見る瞬間や両手で調子をとる時、
それから貴方の時代、そしてさらに他の時代、
こころよい調べと不調和、占いと跪拝《きはい》の時を生き、
私の目の前で大きな渓谷がひらかれるまで、
なお歩む私は、そこに居るの。」と、お前は僕にこう云い、また他のことを。
そして頭《こうべ》を垂れて黙《もだ》した。このすべて、お前の沈黙と他のことを。
砂だらけの道だったお前の時代を、僕はさまよい、お前の髪の毛やカラフルな洋服を見ながら、お前
の足跡を追い、渓谷にいるお前の後を追ったのだ。
僕はまだそこに居る。僕たちが逢えるように、とその間僕は、新しい通り道を考えだしているのだよ。
このことすべてを、各人が悪魔祓いとか占いにより、それぞれの罪のゆるしを考えだそう、とすると

き、洪水の夜、面と向かい、ながながと僕に話したのだ。

今日は言葉が出あわないよう、現実の夜の錯覚が、これらの城壁の上に永遠であるよう、たがいに逢わないふりをしてみよう。

今日は、たがいに逢わないふりをしてみよう。

それとも直接に出あうなら、永遠に別れるよう、素早いしぐさをさせておこう。

第二景

彼には容貌がない。お前の目が彼の言葉にうっとりすると、顔はほんのりとバラ色にかがやいてくる。

お前の手のなかで彼の手をにぎりしめ、夕べをすごすのは、おそらくお前にとっては、ひとつの遊びごとなのだ。

そうしながら、電気スタンドに黒い髪をそっと映しているお前。

壁におとす影は、儚い調和、麻痺した精神の無言の脅威《きょうい》をえがく。

僕も建物の正面に輝く神秘的で透明なきらめきを無視し、お前の動作をひそかにうかがう時、僕の時間を消耗する。お前の沈黙が、僕のそれを言葉で満たしてくれるなら、僕は、お前の存在を証言する共謀者になる。

「錯覚の時を生き、偉大な霊にとりつかれている私。

策謀は、何のやくにもたたないの。

もし、その呼び声に気づくなら、霊はもう姿を消している。

私をもとめないし、霊がむなしく、私を解放する時代のあいまいな時を生きているのよ」 残酷さが言葉の障害を解消し、その期待を永久に、と願う時、洪水の夜にお前はこう言ったのだ。彼はもういない。

絶望的にさがしつづける影と両手が、とりのこされたまま。

その悲しい目が大海の岸辺をさまようあいだ、不思議な光りのゆらめきは、放置された影を壁にえがいている。ゲームは終わった。

黒ずんだ小さな尖塔すれすれに、凧があがるような軽快さで、お前が空を舞いあがってゆくあいだ、僕の顔つきと無礼な驚きを、お前にあずけよう。

第三景

すばやい足どりで道路を歩いているお前のすがた。
追従されるのをいやがるように、建物の壁に沿って歩いていた。
お前の黒髪に、しとしと、と降りつづける雨をさけよう、として、おそらく走っていたかもしれない
な。でも、たしかなのは、一瞬うしろをふりかえった時、僕を見たのだ。お前の名を呼び、僕の居る
ことを気づかせよう、としたが、お前には名前がない、いやそれよりも僕を見なかったし、ふりむき
もしなかった。
なぜだかしらないが、細道のあいだに滑りこみ、広場に通じる階段を、勢いよくかけおりてゆくお前
の姿に、不思議なものを感じたのだよ。
まもなく、僕の視線から消えゆくことを知っているし、僕の好奇心も消えるだろうよ。顔をあわせて
僕に話した時のお前の言葉が、お前の思い出になるだろう。
「私って、火がもえつき、土の上に散って消え失せる薪《たきぎ》のようなもの。
このため、ときどき大風の吹く夢を見るのかもね。
風が立ち、火がもえさかり、丘の方へ消え去った季節に、
星を数えながら生きていたのよ」と、僕に語り、お前は口をつぐんだ。
今では、あの話を思いだして生きている。

すでに暗闇《くらやみ》のただよう路地へ、と軽やかにまがってゆくお前の髪の毛を眺める。

闇のなかでは間隔がせまくなり、お前の影と衝突するかも知れないので、あとを追わないことにしよう。 丘と数百万の星へと勇気をむけて観る。

そこには、お前のエネルギーが往き来しており、お前をかくそう、とする路地にまかせておこう。そうすれば、強要する別離が、僕の無力さを証拠だてるから。

そのうえ、お前を傷つけるのではないか、と心配するから。

第四景

星の下にかかる黒い雲、岩屋《いわむろ》のなかの燭台《しょくだい》、など。

そのそばに、信仰の石棺《せっかん》におもわれるお前がいる。

慈悲深く、じっと洪水の音を聴いているお前は、その手で僕の額に、十字のしるしをつける。言葉もない僕。やや、おそくなった僕の呼吸を聴くお前。

「罪がなければ、贖いはない。

私は、精神の沈黙と不徳の時代に生きていたの。

疲れているとき、谷間で、彼の呼び声を聴こう、
として心を集中したのよ。

すると、大きな息吹が私の心を払いちらしてくれた。

だから、不安でも、ここで待っている。

いまは、死ぬべき運命を信じ、
調和のとれた時間を暮らしているの。

貴方の心を聴いてちょうだい。

逃げたい時、お祈りを考えだしてみて。

さがしもとめることは、

すでに見いだすこと、なのだから」と、こう僕に云ったのだ。沈黙が待つことだった時の、お前の沈黙と開花した花びらが天地の空想を告げていた時に。

お前の聖徳にとざされた僕は、魔法にかけるのが闌《た》けた若い蛇のように、祭壇の背後で衣《きぬ》ずれの音を聴いている。

第五景

時は時をひきついで、大きな谷間は、心地よい幻想をかもしだす。

「妖術師たちの時代と歴史のさばきを生きている私。

賢人らの言葉でけがされた行間。

その本は、私の沈黙で満たされているのよ。

砂漠のあたりで、即席の棒占いをする自分の姿をながめている。

復活の時期でもないし、私をそそのかす誰も
いないことを知っているからなの。」と、洪水の夜、天使たちが扉に目じるしをつけていたあいだ、
窓辺で意地悪な地の精たちが、それをのぞき見していた時、僕に語ったのだ。お前の、その率直さ
がすばらしかった。

火と石のお前、サンゴの上に焚かれた香気《こうき》だった。

お前の狂気は僕の無力で、お前が岩のようになってゆくあいだ、蒼白で純潔なお前の顔を見た。

今日、その洞窟に再会し——また　その暗闇を——しめっぽい苔を指先ですばやくふれ、鍾乳石《しょうにゅうせき》が
溜息をまじえ、のこる時間を語る間《ま》に、石のなかのお前をあててみる。

お前は困惑した表情をたたえ、たえまなく実在する。

その距離を測ってみる僕は、お前を、まぢかに感じるのだよ。

第六景

今日は、お前にあわないよう、でかけないことにする。

僕を避けるお前の態度には、たえられないから。

窓から大渓谷が眺望でき、尊大な光が峰々をよみがえらせ、いまだ、微睡《まどろ》む花びらに生命をあたえている。

音楽が室内を満たしているあいだ、ここに居て、無言の話をお前に送ってみる。

僕は、蹄で地面を掻く馬に跨《また》がる疲れた略奪者。あるいは、進行方向を決める十字路で、僕をとりまく和合のなかに居る、迂闊《うかつ》な影だろう。

神聖さを失った、かり住まいで、僕の敗北を生きてゆこう。

「私は永遠に追われているカモシカ。

また、とても清らかな小川。

もしかして、餌食かもしれない。

それでも、枯れ葉と新聞の切り抜きのなかで頭を垂れて、私の時間を送っている」言葉が恐怖を追いはらい、心の奥底でエピソード、となる時、錯覚の夜、お前は沈黙のまま、このことを僕に語ったのだ。

お前の不在は、僕の情熱をこのようによみがえらせる。

だから、とても清らかな小川と枯れ葉のなかで、お前の時間をさ迷うあいだ
お前をそっとしておこう。清らかなチュニック*に身をつつんだお前のように、
その思い出は、天上の泡、なのだから。

*婦人用コートの一種。多くは四分の三丈くらいの長さ。

第七景

今日はお前にあわない確信があるので、大渓谷の道を自由に走ってみよう。

太陽の光線できりとられた峰々や、蛇行《だこう》する小川の水に濡れた、やわらかな草花の新芽に見とれながら。　お前の居ないことを承知して。しかしお前のイメージは、ここに在る。

太陽と闇で更新される自然は、お前の黒髪と遊んでみたくてたまらない、無数の妖精のように、お前のあとを追いかけている。

「貴方が私に云うかも知れない言葉や貴方の手のしぐさがこわい。

負けてしまうかも知れないし、こんな感じだと、なにも残らないかも。

でも、貴方から遠ざかってゆくあいだ、私を呼んでいてほしいの」と、面とむかって、このことと、お前の沈黙を語った。

長くのびた草のなかにまよいこみ、星の蔓《つる》枝のかるくふれあう音を聴きながら、
深く黙りこむ彗星の喘ぎに思いをはせる。祭壇を心に思いえがいてみる。

ある顔は、ひとつの顔にしかすぎず、隠れているそれではない。

それにもかかわらず、お前はちがう。お前とは、お前の言わない言葉、お前のやらないしぐさ、ここに居ながら他のところに居て、現存しながら不在のお前。

今は、遠くに居るお前、開花した桃の花々のなかで東に向かい、すわっているお前の姿が見えるよ。

第八景

空間が光となる地平線のかなたの、絶壁のむこうにいるお前。
その波のうえで、退屈した怪獣とあそび、お前の意のままになる水中に隠れては、ふたたび浮きあがるお前の姿が見える。お前は海であり、またその物語でもある。
僕を見て、架空の白鳥のえがく輪の上で踊りながら、空間のない大空へ、とお前は遠ざかってゆく。
言葉では書けない本のように、お前は、ますます遥かな人、となってゆく。
「若葉のサラサラ、と鳴る音が谷間にみちあふれ、戻ることの必須条件だった記憶の国々に、心の木霊《こだま》がとどいていた時、
あの言葉の時代に生きていたの。
こうして、あらゆるところ、無名な顔の人々のなかで私は無名だったし、
あらゆる片隅に、私の心のかけらを探しもとめながら、両手を動かしさまよっていたのよ。
貴方の思いがゆきすぎないよう、今日は、私の憂えと心の動揺を
貴方に告げ、貴方が理解してくださることに感謝します」　神のお告げなく、
お前のうえに僕の驚きがわずかにそそいだ時、お前はこのことと、お前の沈黙を僕に告げたのだった。

稲妻や墓碑を見ると、祖先の霊は昔の宝石をかくしており、地上で勢力を失った
豪雨は、その情景を己の仕業、と宣言している。
すべてが決められた今、魔法に通じるお前を知っているので、お前の目からは、
いかにも死んだように見せかけて、パピルスやアスフォデル*の草の間《あいだ》を
さまよってみよう。

＊南ヨーロッパ産ユリ科の多年草。原野に自生。初秋、花茎を出し、淡紫色の小花を穂状に開く。

第九景

生気のない季節にさえずる雀、損なわれた精神にひそむ暴力、マンティラ*やお前の云わない言葉の罅《ひび》、
階段でのつまずき、忘れられたバルコニーでささやいた言葉、などを思いえがいてみる。こうして
僕も、日没の返照《へんしょう》の中で不在となり、ふるえながら、僕の溺愛《できあい》をみとめるのだ。どこに探せばよいか、
わからなくなれば、僕をゆるしてくれ。
お前が僕のためらいを操縦しているあいだ、お前をすぐちかくに感じ、お前が僕のあせりに嫌気がさ
すと、遠くに感じ、酸っぱい果物であり、樹木、鮮明な顔であり曖昧なイメージ。お前を見つめるこ
とは、死を意味することにちがいない。
「私は灰であり、火なの。永遠に逃走中のカモシカ。
私の生命を浄化し、貴方の言葉を受容する心構えができているので、
私は筆舌につくしがたいほどの、省察のなかに居る」そのまわりには、沈黙が垂れ、もしもお前が
話せば、僕の無言の話しを駄目にする、と心のなかで思う。
だから、僕があらわれるとき、お前は遠ざかっていてほしい。

*スペイン女性が頭から被るレースのショール

第十景

大渓谷に雪がふっている。雪の重みで桃の木は、枝もたわむばかりに曲がり、谷川は凍《い》てつき、風はそよがず、あたりは真っ白。

透明な空のどこに、お前が居るかをあててみる。

「私は塩と果汁の多い柘榴《ざくろ》の実でつくられた像。

私の髪の毛と顔にはっきりのこす、いやな皺《しわ》のあいだに貴方が、
鏡をおく覆いのなかに居るのよ。

その上、私を知らないような振りして、貴方は通りすぎる。

でも、もしその特徴をしっかり把握してれば、それを大事にして、
私の恵みを辛抱づよく待っていて」と僕に、これとお前の沈黙を述べた。

その沈黙がはかりしれなくて、聖なる洪水が浄化しつづけていた時だった。

化石となった聖書台の、黄色に変色した本が、『知識はそこから来ることになっている』、と告げている。そこには、徴候もなごりもなく、彫刻で飾られた岸壁に、嫉妬ぶかい息づかいだけがある。

僕の時間はこうして期待となり、すべては、僕の偶像崇拝の見せかけであるように、祈りをこころみる。さまざまな顔や仮面、古くさい頭に気づかない閃きなど、僕はお前の夢を見わけられようか。

夢を見るよう願いつつ、今から眠ってみよう。とはいえ、もしもお前が現われれば、信仰の話をお前に思いださせてみよう。

第十一景

遥かにひびく音、遠くにあるお前の手。まだ僕のもの、ではない場所でそれらが具現している。紅緑《こうりょく》色の珊瑚にかこまれた玉座は、真珠貝の岩肌に光を照射している。

僕は、波間にゆれるコルクのよう、お前の住む海の世界に見とれながら、その懸隔《けんかく》を尊重する。もしもお前が水ならば、僕をすり減らすこの火はなにか。

その線画からお前の容貌がおどりあがるので、呼びさまし、両手に刺激をあたえ、岩の裂け目を探査し、色をためす必要がある。

マントが僕の四肢をおおいかくしている今、僕は火の気のない砂漠の夜の黙《しじま》にたたずんでおり、多くの影と吐息が僕のもとをおとずれる。

一つの顔は単なる顔、たとえ、それぞれの顔に、お前のそれを推測できても、隠された顔でないことが、今日、確かにわかる。お前は珊瑚や凪であり窓辺にそよぐ吐息。それでも、お前の音の響きとお前の両手から、遠く離れたところに僕はいる。

こうして目を醒《さ》ます時、フィクションが、僕の盲目的崇拝のなかに継続してゆくように、とひざまずき、十字架をきる。

第十二景

空からわずかな雨がしたたり、岩屋のなかの燭台の灯りは消え、お前は、岩のなかで生きかえっている。戸外では、虹がその契約を要求している。少数の高潔《こうけつ》の士が、世界をすくったのだ。傷の痛みや侵入すべき他の扉をいやすため、香油を探そう。預言者がでかけた今、時間はある。彼の帰りを根気よく待ってみよう。

「許しが、背徳者たちの無知を侮辱し、待つことの時間が、
まだ生成だった時、その許しの時代を、私は生きていたの。
今日、自分が肉体なのか、霊なのか探測船なのか、
不滅の石柱なのか私には、わからない。
でも人間は、その成果よりもすぐれており、
沈黙は、無数の語句以上のものだ、と確信を持って言える。
だから、おわかれの言葉はないけれど、恍惚状態とか
ささやくような感じ、匿名テープが録音する思い出の
欠片《かけら》のように、教会の正面をこえ、垂直になげあげた、
筆舌に尽くしがたい思いのある今は
心をゆだねた時間を生きていたい。

賢明さとは知識に由来しない、と確信しているから」と、お前は、このことを洪水の日に、面とむかって僕に云ったのだ。それは、豪雨の勢力が衰え、鳥たちが巣からでてきた時だった。道のない地上には、水と枯れた枝々に萌えでた新芽の孤独だけ。一連の記憶が、ひそかに他の世界をよみがえらせ、新しい文字は、日々の愚かさをつげている。賢明さが僕たちのものではなく、盛況な市場で、誰かが、一冊の貴重な本を僕に売ろうとする。僕の夢の樹木に脆い記憶をゆだねる今、僕はいかねばならない。

第十三景

お前はいってしまい、帰らないだろう。

頭を垂れてお前は、僕に一冊の本をさしだした。

「これ、私からのプレゼント、おわかれのしるし。

でも気をつけて、そのなかに七頁が欠けている。

七つの試練を克服しなければならないの。

欠けたところを貴方が書くべきなのよ。

貴方の中にある真実は、遠くからとどくから、
記憶を鋭敏にしておかなきゃだめ。

それから、ある徴候があるのよ。

海とその世界をよく観察してね」　陽光がお前の顔をあかるく祝福して、意地悪な髪の毛の房がお前の聖性に応じなかった時、面とむかって僕に、こう云った。

芝生には、血に染まった羽と毒を持つ刺がある。どの手がフサスグリ*やブルーベリーを摘むのだろうか？　どの茨から？

お前はいってしまい、帰らないだろう。他の手がお前の影にふれようとするだろう。

だが、お前だ、とは見わけられないだろう。

お前の苦しみを生きる僕は、お前の話した小川の水で顔を洗いに、大渓谷をさまよい歩くだろう。清められた遺品のように、その本を持ってでかけよう。

お前に提示するフィクションを忘れてしまわないよう、他の頁を引きちぎってしまおう。そして、お前の呼び声に応じてゆこう。

＊スグリ科植物、ヨーロッパ原産で、果実の色が赤色、白色、黒色があり、ジャムや果実酒に加工されている。

第十四景

鯨のメランコリーは太陽に因《よ》り、しめった枝々が炉辺の炎をゆさぶっている。

食卓にご馳走がならび、ロウソクの明かりのもと、僕と一緒にいるお前。

散乱した声と合唱、古い家具から、魔女たちのうめき声が聴こえてくる。

僕は、リネンのテーブル掛、最高級のカットグラスのコップを選んでみた。

お前は、焼きたてのパンと僕の従順さを見いだすだろうよ。

炎が壁にさまざまな顔を描いている間、僕は、白紙の頁や文字をほりこむべき大理石になっている。

じっさいには、病人をのせた列車で旅行中の僕なのだが。

病人らの下車する駅におりてみよう。書かねばならぬ白紙の頁は僕の鞄にあり、
そのあたりは、ため息と唖然となる仕種《しぐさ》ばかり。

お前は来なかった。お前の沈黙もなかった。

僕には、幽かな明かりとご馳走のならんだ食卓が、とりのこされたままに。

お前は他の場所にいるだろう。多分、この列車のなかにいるかも知れない。

お前の興味あることとは、突然、なにかが消失するのを見ることだから。

「孤独とはその胎盤にであい、辛抱づよく斜面と谷間に
生彩を与える種子の特典なの。線画とその孤独の不可解さは

私たちが探すのを拒否するのよ。それを名づけることは無駄。
だから、それを見つけるのは不可能だわ。記憶を無知蒙昧《むちもうまい》の
なかにほりだすことは、微かな暈色《うんしょく》が偉大な光を阻《はば》むからには、
むだなこと。まるで九月の、と或る一日のうちに降らせる
雨量をいっぱい詰めこんだ雲のように、貴方には、
まだ使うべき行為とわずかの音節があるでしょう。
私はね、恩寵の時を生きているの」と、僕の祝宴に来なかった時、お前の不在が僕に告げたのだ。
海辺で貝たちが、お前の声をくりかえしており、海はめざめてくる。

第十五景

四月に、地ならし機がお前の渓谷や光に焦がれていた柔らかな新芽に、大損害を与えた今、長い橋が谷間に架けられてあり、たとえお前の影が、草むらと漆喰《しっくい》で塗られた壁のあいだをさまよっても、僕らのへだたりは、満たせなくなっている。

「私は、愛と偉大な魔術の時代、見つめることは恵みに満ちており、偽れなかった時に生きていたのよ。

恵みのあらわれる時にあらわれた私。

このため、貴方の言葉と貴方の仮装によって、身をひそめたの。

藤の花のさく頃、また、巻きこんでくる波の多い時代に生き、バイブレーションのあるハープ、音のない和音だったワ。

これをすべて更新することは、私の眠気のさした感覚をいつわり、また、それを撤回するようなもの。でも貴方が、もう一度ためしてみて。

すると貴方は、香りの良いオイル入り革袋、芳香を放つ麦穂になるでしょう。

私に勧める蘇生は、こうして貴方のものになり、すぐに他の痕跡、また私に送ってくれるアルペッジョ*は、貴方の焦燥感をしずめるでしょう」

洪水の夜に、このこととお前の沈黙を語ったのだった。もうお前が話さない今、お前は、傾《かし》げた花弁の裡《うち》にひそむ名のない十字架。たとえ豪雨がやんでもこの天気。
安全な場所だ、と信じて、珊瑚と海星《ひとで》でできた虹色の玉座をうかがっている間に、
この部屋の静けさと海水によせる僕の夢しかない。
微笑みながら発っていったお前。おずおずとしたそぶりで、お前の手は僕の手に軽くふれていた。お
前は僕のものではない、と、今になってわかるのだ。
言葉の流出は、お前の心に生彩をあたえ、たしかな歩調が、お前のあゆみを導いている間、エメラル
ド・グリーンになったお前の姿を見る。
どこへゆくべきか、もうお前は知っている。ここに、お前の沈黙をのこしたまま。
お前もまた沈黙の騒音、それを飾る光である。

＊ハープやピアノなどの楽器で、和音を低音（あるいは高音）から分散し、速やかに奏すること。

第十六景

広場を照らす長い光線は円柱に反射、壁のさけ目をあらわにする。傾《かし》げたゼラニウムの花が、ビザンチン風のバルコニーに華やいでおり、愛の秘密の陰で人々は、あわてて、彼らの財産をあつめている。これらの大理石、ひっそりと静まりかえった中を通りすぎたお前。お前の後をついてゆかない。暗闇の中、とはいえ、お前の声が聞けるよう、いつもの僕らしく、暗い路地から僕の居る距離をはかろうとした。

『言葉の暴力を慎め*』と時の経過で、ほとんど文字の消えた墓碑が告げている。

その側で、異様な腕輪をはめたトランプ占い師が僕をまねく。おそらく他の時期には、その呼び声に譲歩したにちがいない。いまはもう、すべてが発生したから、それを知る必要はない

「どの火にも、そのエピソードの在る砂漠に貴方は生きている。

あらゆる仮住まいに貴方は生まれ、貴方の現前を是認しなければね。

もし未来が貴方に属しないなら、もう一度、貴方は戻らねばならない。

貴方の心には関係なく、やつれた顔の小さな眼が

おなじ悪魔祓いを永遠にそそのかしているのよ」と、洪水が単に雨だけで、罪の贖《あがな》いが最後の裏切りだった時、お前は岩屋から遠ざかりながら、こう、僕に告げたのだった。広場のむこう側、砂漠へ通じる道路に埃が立っている。

遠くで馬車が、細道を通る苦難を分けあっている。楽しそうな吟遊詩人たちは、海に到達する、と思いながら、僕に同行してくれる。
ところが僕は、僕自身の霊媒で、バベル**にむかっていることを知りながら。

*ローマ時代の大歴史家、ティトゥス・リヴィウスの言葉。

**旧約聖書、創世記第十一章で語られる、塔を建設したバビロンの町を指す。

第十七景

時は、怠惰な日や憔悴《しょうすい》した季節に咲く花びらの喘《あえ》ぎを、はっきりとわからせて、きざんでゆく。闇は、書物の混乱や妬みぶかい紙に書いた、わずかばかりのフレーズをつつみかくすだろう。

「私は黒ずんだベンチや幼い頃の写真をたどりながら、洪水の後の停滞状態の中、その再編成期に生きているの。

秘密を剥いで、赤い傷跡をその顔にのこす男は悲しいし、
作品の発想を限定して、つちかう人はわびしいもの。

私は幼年時代を生き、オリーヴの木々の安らぎにかこまれ、
私の髪の毛をほぐしていたわ。

私のように、地下道をとおりぬけるのになれている者は
闇をおそれない」と、洪水の日々に、お前は僕に、こう云った。

その洪水が予期したもので、祭壇が単なる発案であった時。ふいに、精神の空白におそわれないよう、僕にすすめてくれる距離をとって、現在、この時代のなかで僕はすごしている。

やむをえず敗北する時、お前が僕の側にいてくれる以上、顔は、単なる顔で、隠すそれでない僕であることは、確かだ。

今から、新しい文字をまなぶことにしよう。お前がもとめる歌は、記憶の心象に封印されてあり、も

しもお前がやむをえず、帰えらねばならない場合、僕に教えた偶像崇拝が、お前の不満となるので、
新しい掟をつけ加えねばならないだろう。

第十八景

僕は枯ればむ樫林《かし》のなかにいる。木漏《こも》れ日が幹にさしこみ、その幹を白いリネンで美しく着飾ったように、みせている。

侍女たちが踊っており、巫女たち*は、七つの道徳律を誇りとするワイングラスをさしだしている。法則はそれぞれちがっていても、同じ権力を有するのだ。

僕はそのなかに居て、でかけようか、もどろうかと迷っており、その一瞬、たった今、生まれたばかり、のようにさえ思われる。

三つの道徳律は占い師たちで、未来を予言する。他の三つは過去を知っており、一つだけが来世を知っている。それらのひとつは、僕の屈服するのを待っている。

僕は腰をおろし、大きな広場の壁に描かれた伝説の絵や火飲み芸人などを思いだす。

それはお許しの日だった。皆が贈り物と各人の話をたずさえて、やってきた。

暗い眼つきの肥満型の女性は、僕のうしろについてきた。とても高い屋根の大聖堂にはいると、色あせたフレスコ画の三人の天使は、僕をながめてささやいている。

その声は円柱をとりまき、祭壇の上にひろがり、僕の耳にもどってくる。

オルガンの長く奏でる音は、血に染まった粗末な織物のように、僕の胸に鳴りひびき、指輪をはめた両手が祭壇の中央で誓っている。いまや、三つの道徳律のなかにフレスコ画の三人の天使を見わけ、答えを得るため、彼らのほうへあゆんでゆく。

「私たちは未来の占い師、貴方は私たちの仲間ではない。

と言うのは、貴方の未来はすでにあったから。

貴方のためらいは、こうして貴方の逃亡で更新され、貴方の好奇心は、
たんなる思考の渇望にすぎず、貴方に恩寵との出あいを阻止するの。

さあ、ゆきなさい。逃げられない鏡の策謀のなかで、頭を垂れて、
七年間、彷徨《さまよ》うでしょう。そして思いだして。

多くのばあい、理解する、とは黙《もだ》して語らない、と云うことを」

もう、帰らねばならないことが、わかっている。七つの火の間にすわり、遠くに立つ樺《かば》の木々の釣り
あい、ゆっくり消えうせてゆく調和に、見とれている僕。

まだ、これから芽生えねばならない、何かのような、僕の非実在の閾《いき》にいる僕。

記憶の中での大聖堂は飾りけなく、フレスコ画の天使たちは、僕に背をむけて。

不意をつかれた人、のような興奮した声が、円柱の合間から聴こえてくる。

＊火を崇拝する、ローマのウェスタ神殿の「永遠の火」を守る清純な巫女。

第十九景

だれかが、お前の墓に一輪の花をそなえた。

だれかが、自分のことを話してから姿を消した。

多くの話とわずかな人間が存続する。お前もまた物語だ、無限の必要がある。

今日の大渓谷は、息をきらして走りっこをして、泣き叫ばざるを得ない声にまじり、自分たちの生き方を作りだしている、子供らのざわめき声がする。

何らかの方法で各人、それぞれ、罪の購いを準備する。

「平穏な時期、また記憶をまもる時代に生きているの。

今日の私は粉砕された墓石よ。

四角形の鏡にうつる顔はかぎりなくさまよい、
彼らの身元確認に立ちあう、わずかな顔が特典。

昼間の熱狂に応じた、新生児の手におえない泣き声は、
夜になると、おおきな叫び声になるでしょう」と、まだ身のこなし方が古風で、
ひとすじの記憶が岸壁にしるされていた時、会話のテンポで、お前はこのことを僕に言ったのだ。

また来よう。

お前は光り輝いている生け垣、めまい、激しい風になり、お前の本をめちゃくちゃに、めくっている

だろう。僕はお前を見わけるのに、気が散った足どりになり、
たどたどしい声で、やっと、お前の黒髪について云うしかないだろう。
お前は石になり、神のお告げやハープ、乗馬用の鞭になっているだろう。
記憶はお前の沈黙のなかで溺死するだろう。彗星の通過に気づくよう、と思いを託しながら、雄大な
連峰や星をながめる。
もしも無言の声が苦情を言うならば、無味乾燥なポエムを贈り物にたずさえて、
お前のもとに裸足でゆこう。

第二十景

饗宴中の魔女たちが、人類の終末の間もないことを話しあっている松林に、朧月がしみこんでいる。退屈した波が世間話をしない海岸、そこには、帰還しなかったガレー船の残した食べ物をユリカモメがついばんでおり、そこに残された、お前の足跡を見つけよう、と僕らしい好奇心で離れてゆく。するとお前は、頭を垂れて僕の前に佇んでおり、僕の話すのを待っている。ユリカモメの遊ばないことを見つけた人の悲しみや、イルカは、なぜ潮流を見失うのか、をお前に話すことができるのに。お前は、エピソードや沈黙にみちていて、お前の後を、僕が追いかけることを知っている。僕を見つめるお前の瞳は、ヴェールに蔽われて、仄かに白い頬はお前の哀感を僕に告げている。

今日のお前は、僕の無意味な歩みであり、陰がお前の影をかくしている。

遠くから、セイレンの歌声とその錯覚が、くりかえし聴こえてくる。お前の変装ではない、とよく解りつつ、その声に負けてしまうだろう。

雲の彼方の不思議な月は、梢とたわむれて、神への捧げ物をふたたび受け取る準備のできた、祭壇の石を照らしている。眠そうな森の神々は、彼らの愛を木々の樹皮にきざみこんでいる。未来の人たちは、それらの痕跡を見わけ、松の葉の間で生きていた話しを、することだろう。

とは云え、水族館は魚に変わり、賢者たちは、彼らの本をとじ、王たちは、かれらの幸運を着服する。

今は、大風の吹くのを待つだけだ。

大きな眠りに生き、すべての思惟に通じるお前は、他の場所に居て、この不安を微笑んでいる。

こうして沈黙は恥じらいとなり、東洋の庭に開花した桃の木が指図をする様子を夢見るお前を思うことは、楽しいものだ。

第二十一景

砦の廃墟のなかにあらわれて、幼い声で話し、純潔な服に身をつつみ、逆光の中にお前はうかんでいる、と皆が云う。

大勢の人が胸に十字架をつけ、しおれた花輪をたずさえ、やってきて、お前に献呈した庭で、お前のかわりに彼らは話している。砦のなかでは古い調べがさまよい、全人類の別離の和音が、
達人らの手でかなでられ、幽愁に閉ざされるとき、誰かが帰ってくるだろう。

超自然的出現に、時代が場所をゆずるとき、夢は変化のない牢獄になるだろう。

思惟が孤独にならないよう、いま、部屋をひらき、古い武具を西方へむけてみる。

それでも多くの声は、しめった壁にむかって話しており、風もないのにロウソクはふるえている。

僕の偶像崇拝を否定し、庭にはゆかないことにする。もちろん僕は、お前の不在にもはや茫然としているときではない。

とじられた部屋のなかで、未来を待つだけである。

「多くの声が語りあい、多くの時代の夢を話すわよ。

現在はお守り札が考案され、カバラ*が盲目的な時代を支配している。

人間は時の無言のなかに生まれ、永遠の苦痛とは、
万物の起源の暗闇で、罰もまた、罪を犯す前に課されたのです。

詩歌は苦しみの扉をひらくので、教えを見つけねばならない。
聴いて、夜はね、土器の花瓶のなかの花々にしゃべらせて、
引きだしのフォークセットをカチャカチャ、と鳴らすのよ」 風が大地を乾かし、
お前の口から言葉をもぎとっていたとき、このことを僕に云ったのだ。
だが僕は、突然、思いついた神託をお前に見いだした。その間、僕はドアに鍵をかけ、カーテンをしめた。
人間の偉大さは、その業《わざ》の偉大さによる、と確信のある僕らしく、お前がたとえ、
僕を待っていても、ゆかないだろう。
お前は砕かれた墓碑、名のない十字架。僕はお前の無言を糧にしている。
宇宙に天使たちがはいりこみ、馬車の上で、彼らが支度をしている間、なんと、
渓谷の火はよわまっている。
ここでは、色あせた書物に書かれた、良識の脆さや強烈な推測、また主顕節《しゅけんせつ》**の断片を、知識がゆりうごかしている。お前はおそらく嘆き声、あるいは嗚咽かもしれないし、おそらく僕の扉を、そっとノックする音かもしれない。

*ユダヤ教の秘密の教えを記した、とされる一連の書物。
**救世主のご公現の祝日、一月六日。

第二十二景

丘の頂上にいる僕のかたわらで、黙《もだ》したままのお前。

空を見あげると、あたかもチェスボードのように、天体はうごいており、そこではあべこべに、チェスポーンが、チェス板の目をとりもどしている。

彗星は静かな海に、音もなくおちてゆく。

僕が幻想にとらわれ、激しい動悸が僕の喉もとを締めつけるとき、お前に空をさししめす。すると、顔をあげ、涙ぐんだ目で僕に、こう云うのだ。

「宇宙はゆっくり、と再建され、その法則にしたがってゆくのを貴方だけが見られるの。今日、貴方はこの時代に生きていても、遠くでは、恐ろしい遭難に遭った人たちがいる。

貴方を見つめ、貴方の声を聴きなさい」と、僕にこう語り、お前は沈黙に、おちいった。今は夢も消え、お前は遠ざかっていった。

お前の不在を生き、第一頁を書いている。それは、お前と僕の言葉であり、お前の別れの挨拶、お前の賢明さなのだよ。

預言者たちの不在がつづいているあいだ、奇跡の生じることを待ちながら。

お前の黒髪がどこかの路地から、突然、あらわれるのに気づくよう、と願いつつ、窓から顔をつきだし、大空を見あげるのだ。

エピローグ

アイデアは思考となり、言葉との連帯をさだめる。

燃えさかる赤い夕焼けの日は予感にみち、毒蛇や亀は僕の仲間、となる。

カルヴァ山で、霊魂と連絡をとっている僕。遠くにのぞむ海は、不可解な泡。

この絶壁の縁で、あやうく身体の平衡をたもつ僕。だれかが、僕を誘拐しにくるだろう。

宇宙の静寂《しじま》のなかで音楽は、なぞめいている。

道化師たちや甕《かめ》と鈴の紐を持った、星占い師たちがやってくるが、何もおこらないための協定が、さだめられてある。

実現される、すべての完全さ、とはあべこべに、頭で創案された物のなかに、
胚芽がおかれたまま、今日の僕は、進化を待つ毛虫。

おそらく、レモンの枝に羽がはさまった、蝶になるだろう。

これだけだ、別れの挨拶も。

ひそやかな輪（追悼詩）

——高野喜久雄へ

秘密のない喜久雄の眼差しには　愛だけが留《とど》められている
君に　それがなくとも気にするな　変えうることの
できる人の忍耐で　彼の眼差しが　守ってくれるだろう

喜久雄は　回転しながら　偽物を排除し
純粋なものを保持する　ひそやかな輪だ
その核心には　時が経っても
消耗しない　輪のたましいが宿っている

喜久雄は　もしかして　ただ空気だけなのかもしれない
それでもなお　優しく撫でる　眼差しのように
感知できるものだ　君が感じなくとも　気にするな
それがわかるまで　彼の愛撫が　とどまるだろうから

もしかして　この寡黙《かもく》な詩人は　夢だけなのかもしれない

二〇〇六年　詩誌《パンデーレ》掲載

彼を呼びおこす　のではないか　と気づかうな
喜久雄は　君とともに　君の夢を見るだろうから

謎

閉じた扉を　とおりぬけるうちに
しだいに　謎の正体が　あらわれる
腰かけて新聞を読み　あくびをする
ところが　夕方になると　不安に
かられた視線で　鎧戸が　とざされる

話だけなら　まだ　ソファーに腰かけて
いるのか　退屈しているのか分からないが
庭におりた兆候を　のこしている
かろうじて　外部に見える　あの証憑《しょうひょう》
多くの場合　不思議な想像に　言葉は不要

話だけなら　何かが変わったか　どうか
僕らには分からないが　証拠を得よう　と
屋内を　誰かがさまよい歩くのは　確かだ

《迂闊な番人》（二〇〇二年刊行）から

新聞は　ソファーの上に　開かれたまま
記事の内容で　時の経過が　推測される

美しさ

窓ガラスのなかばに　頑として
垂れ下がるカーテンの裏側に
わずかに　見えかくれする…

自分自身に見とれる　彫像のように
美にもまた　おどろかす　ことがあり
その一瞬が　消えさると　のこるのは
眼差しだけ　鏡の沈黙にそなえられた
あの眼差し　他の誰かのそれか　と
思われるほど　真にせまるものがある

答えの予測できない問いは　遥かで
気づかず　それに向かってゆく者は
喜んでよいか　泣いてよいか　解らない

《迂闊な番人》から

国境

身体には　国境がない
でも　心の奥までは　言いあてられない
お前の沈黙は　夕暮れどきの　ためいきか
それとも　生存の秘密を　まねいたのかを
理解できなかったならば　ゆるしてくれ

やがて　あらゆる神秘のヴェールが　剥ぎとられ
存在していたことは　たんなる　形見となり
存在したことは　他の場所で　存在するだろう
いま僕らには　見えない目　語らない声　しかない
やがては　立ち去ろうとしている　にも気づけない
あわただしさのなかに　生きているから

それはともかく　事物をはかるには
それぞれに　どくとくな基準があるものだ

《ミコールの本》（二〇〇八年）から

遠くはなれているような　儚い　なにか
存在しないだろう人を　待つ時には
実在することすら　拒絶する者　となる

自己の存在を受けいれる人には　言葉は不要だ
ところが　だれかが来ることを　待ちわびる人は
すでにその人が　現前するのか　それとも全てが
終わった　と信じ込んでいる　にも気づかない
そういう人は　約束をすっぽかすもの

黙《しじま》の中に

決別の言葉を告げる　黙《しじま》のなかには
波のない岩　砕かれた時計　などの
空虚が　棲《す》みついている
忌々しい思いを　ぶちまけたいのに
なぜ　黙りこむのか　わからないお前
お前も　立ち去ろう　としているのか
それとも　去りゆく人が　その思いを
云わないのか　わからないお前
その人の旅を　予言できるお前なので
もしかして「他の場所」を理解できない
話をするために　止まった時間に
お前は　とどまりつづけるのだ

《ミコールの本》から

だれかが嘆願している

嘆願している　闇のなかで　だれかが
嘆願している　その声は　影の声
だれが　その嗚咽《おえつ》を　もらしたのか
だれの指が　壁に　絵を描いたのか

お前がここにいるのか　そこにいるのか
僕は知っているはずなのに　待っており
ステージの幕の開《ひら》かれるのが　怖《こわ》いのだ
お前の不在を理解しないよう　おそれて
その幕に　そっと　触れてみる

すべての動作が　迂闊《うかつ》な番人として
引きとめる　この場所に
お前だけが　もどってこられるのだ
僕らが　時を侮辱しないかぎりは

《ミコールの本》から

ふたたび　事物を名づけるための部屋を見た今
とはいえ　望みのとだえた　この文字に
お前の文字が　こだましている
日毎に　僕の心を悩ましつづける　この場所で

僕らを遠ざける　ヴェールは　耐えている
なにかが　それを　息づかせるが
その揺れかたが　かすかなので
息するたびに　隔たりを　広げてゆく

《未刊作品》から

言葉に住むあなた
――ガブリエッラへ

僕の書けない言葉に住む　あなた
意味の有ってほしいような　言葉
あなたは今まで　自分のことを語ってきたから

ほんの少し　だが果てしなくあなたを思いえがく
あなたの　美しい容姿に見える一日のように
それとも　水のような　あなたの澄明さを

執行すべき儀式の中に帰ってくる　あなた
言葉にみちあふれる　沈黙のなかで
闇は　闇を愛している

あなたは　その眼差しで　仕あげた素材のなかに
裏切らない　碧さのなかに
空間を創りあげる　適切さのなかに現存する

僕の書けない言葉に住む　あなた
とはいえ　粉砕してゆくこの時代
あなたは　確実な日付となる

ダンテ・マリアナッチ詩撰

ダンテ・マリアナッチ

ダンテ・マリアナッチは、キエティ県アリ市生まれの詩人、小説家、随筆家。一九八四年以来、イタリア文化会館で職務を行い、ビロード革命*前後二回に亘り、プラハ駐在。外務省の文化促進活動分野の管理職として、ダブリン、エディンバラ、ブダペスト、ウイーンなど、各都市の文化会館館長を経て、現在、カイロのイタリア文化会館館長に就任中。

小説には、《ボンド氏のクローン》二〇〇四年刊行、《ティビスコの花々》二〇〇六年刊行など。

詩集には、《鴎のように》一九七〇年刊行、《ティレージアへの旅》一九七五年刊行、《地上の小島》一九七七年刊行、《グラフィティ》一九八〇年刊行、《外面と小要塞》一九八五年刊行、《プラハの小さな出来事》一九九〇年刊行、《オデュッセウスの帰国》一九九七年刊行、《風の紳士たち》二〇〇二年刊行、《ウルチーシアからの手紙》二〇〇八年刊行、二〇一一年再版、《越境》二〇一一年刊行。

随筆家、監修者として、《一九八〇年代の文化》、《紀元二千年にかけてのイタリア文化》、《中欧諸国のダンヌンツィオ》、《ダンヌンツィオと英国の島民》、《不安と終末観》、《イタリア文学中の食品と祭日》、《注目を受けるヨーロッパ》、《オデュッセウス、ダンテと二十世紀イタリア詩に於ける冒険と海》、《マッティア・コルヴィーノ時代の文芸復興》、《世界の言語での――そして直ぐに日が暮れる》、《二十世紀イタリア文学、文化中の言語と広場》、《詩歌の姉妹携帯》、《ヨーロッパの詩》（二〇〇九年、二〇一〇年）、《二十世紀イタリア詩の芸術と科学》、《他国のイタリア人》、《イタリアと世界の小説家と詩人》などの執筆者として活躍。彼の多くの出版物は、海外で刊行されている。

＊一九八九年十一月に旧チェコスロバキアで勃発した、共産党支配を無血で崩壊させた民主化革命のこと。

解説

マリオ・ルーツィ

私たちの文学分野でも、詩作品において、とりわけ上品で狡猾な魅力に富む作風のたぐいは、これまで珍しいものであった。その一例として挙げられるのが、ダンテ・マリアナッチの作風のような、内容が風刺的でない場合には、自然に心が和やかになり、解放的、おどけたようで、さらに、よりお伽噺的な味わいを感じさせる詩なのである。

彼の作品を見ると、万物の事物についての経験と豊かな学識が必要としても、このために、その純粋さを失わない、純真さのあることが特徴となっている。即時性、素朴さ、教養ゆたかな呼び声の中で、また、尊守と規則、勝負や真剣さの侵害の合間で、芸術的意図とその感興の配合には、特異なものを有しているからである。これ等すべては、文体の美的センスと巧みに共存しており、彼の詩を読む人たちより前に、詩人自身を喜ばせているのが感じられるものである。つまり率直に述べれば、詩人は書きながら、楽しんでいる、ということであり、これは、まことに、並ひと通りではできない所行なのである。

では、その対話の相手とは、いったい誰なのだろうか?

一種の自己反省の、ある迷いから醒めた、人間から見ての子供であることは、確かだが、失い、ふたたび見いだした想像力や夢想などのように、記憶を直ぐに幻想しやすいのである。

マリアナッチは、世界中の多くの場所、様々な国に滞在し、これらの土地と深い絆を持ち、さらに色々な意味においても、育《はぐく》まれてきて、それらについても、自分自身のように、愛らしい作り話をしながら、全てを大切にしてきた。

とは云え、彼の気さくな詩才、温和なエスプリと同様に、その素晴らしい物語を言葉で伝える、彼の天賦の才について、黙って通りすぎるわけにはゆかない。双方の能力は、詩の一節に私たちが聴く、物語の魅惑的な語調の中に、混和してゆくからである。まさに彼の流離いの人生は、詩節の調子をリズミカルにし、詩の表現的豊かさを濃厚にしたのである。メランコリックとは言え、その感情を損なわずに、《ペスカーラの泉のほとりで》のノスタルジーがあっても、明るく詩節を浮き立たせているのである。

《風の紳士たち》（二〇〇二年刊行）から

ペスカーラの泉のほとり

ペスカーラの　泉のほとり
風にそよぐ　葦のしげみのなかで
無尾両性動物でも　ある種の
ガマガエルの　保護にそなえる
奇妙な　貼り紙を見つけた
『ヒキガエルを保護して下さい』
あきらかに　動物に優しく接するため
この見すてられていた種にたいし
国の脚光を浴びるにいたらせた
その過剰な光栄だ　と思い
僕に同行していたグループは嘲笑した
だが僕は　真の昆虫として生きることを
知っていたグレゴル*が実行したような
思い出のある昆虫　貝殻　軟体動物らが
闇夜に　起伏だらけの岩間で

いのちの喜びをもとめよう　としたのと
あまりにも　ておりに　ヒキガエルらを
つよく支持したい気持ちになっていた

＊ヨセフ・グレゴル（一八八八―一九六〇）オーストリアの演劇史家。劇作家。リヒヤルト・シュトラウスのリブレット作家。《ダフネ》その他。

ベルトルッチ[*1]が羨ましい

《風の紳士たち》から

幸せを　詩歌に詠《うた》えられ
彼の愛する女性に贈り物や
花輪でみたすことができ

彼の　あのたえまない驚き
はてしない優しさで
つたえてゆく　こまやかな
あの　愛のしぐさなどに

あの　澄明《ちょうめい》な詩歌
彼の素朴な寝室[*2]から
この世と対話したことに

彼の詩句に見られる　すばらしさ
彼が　いかに人生を愛するかを見て

僕は　ベルトルッチが羨ましい

＊1　アッティリョ・ベルトルッチ（一九一一–二〇〇〇）イタリア二十世紀を代表する詩人。彼の詩の邦訳は、《言葉よ　高く翔べ》（松本康子編訳、思潮社刊）、その人生と作品については、《パルマの光》（パオロ・ラガッツィ著、松本康子編訳、思潮社刊》をご参照。

＊2　ベルトルッチの作品名、《寝室》

音楽家と詩人間の

おそらくワーグナーは正しかった
ともすると　音楽家と詩人間の
懸隔《けんかく》をみたすことはできないし
メロディーの形態は
交響曲の　それよりも
はるかに華麗なものである
だから　こわがらないで
貴女の音楽の
無限さのなかに
ひたっていなさい
すると僕は　貴女の手をひいてゆき
貴女のカオスに指示を与えるだろう
神話作家や略奪者
ジークフリートや漁夫王
小さな幸運児や指人形

《風の紳士たち》から

返礼をしないノーベル受賞者など
この世のなかで　その一切は
もはや　全てではないのだから

風と眩暈《めまい》

君の　とりとめのない
思いの帆をひらいてごらん
そして　遠い昔の思いでの
幌馬車を追ってゆくのだ
風と眩暈の
君のあゆみに　種をまいた
夢のバラ園のなかにだけは
いつまでも　とどまらないように
ゲームが　現実におもわれる
ようになった度ごとに
雷雨が砕屑《さいせつ》を
除去していったから
水上に家を建てることは
夜の暗やみに　微笑の種を
撒《ま》きちらすようなものだった

《風の紳士たち》から

かぼそい若木にかこまれて

その根までとどくような
不思議な感覚をいざなう
かぼそい若木にかこまれて
幻覚が　とおくの方で
情熱となり　滾《たぎ》っている

夜の穢《けが》れのなかで
夢をひきさいていた　さけび声が
底しれぬ闇の深みで　しずめられ
よわまったばかり

やがて　新しいめざめ
鉄格子から射しこむ
色とりどりの光線は
金色にかがやく鳥かごに

《越境》（二〇一一年刊行）から

反射した　ルミネセンス
新しい日を再開する
喜びが　はじらいながら
翔《と》びたってゆく

朝の爽《さわ》やかさ

朝の爽やかさは
春の曙《あけぼの》の　光のようなもの

夢をカムフラージュした
夜の　騒々しさのあとに
その行いをはたそうとする
願いがあらわれてくるだろう

激しく　しかも混乱した思いが
神聖な唇に　沈黙に深くとじた
壁にはいりこんだのだった

ひらかれたままの　分厚い本に
おおくの頁が書かれてゆくには

《越境》から

おおくの夜と夜明けが待っており
もう　別れの言葉も言えないだろう

あの　いかがわしい優しさで

たまたま　地平線のかなたから
あらわれた　ぼうっとして　夢み
ごこちな　ニュールックの女性の
あの　いかがわしい優しさで
鏡にうつしだされる
顔を　かろうじてなぐさめる

時のチェスボードで
愛は　その駒《こま》を賭けてあそび
狡猾《こうかつ》で　言うにいえぬ微笑のただよう
気配が　薄明かりのなかに煌《きらめ》いている

《越境》から

笑いくずれていた

ときどき　思いだしたように
剛胆《ごうたん》　しかも陽気に
笑いくずれていた

真っ赤に染まった　爽やかな
暁で　温かい風にそよぐ人影

やがて　唇をわずかにあけて言う
不可解な別れの言葉にたいし
心の抑えがたく動揺するなかで
執拗に鳴りひびいていたのは
難解な言葉の　ささやきだった

《越境》から

プロットではないのか

人生とは
悪夢のプロットではないのか

つまり　僕らの夢　僕らの喜び
大空のすばらしいまるみ
おおくの色彩や　花々の楽しみ
恋をしている女の眼差し　など
闇をいろどる装飾　にすぎないのか

純白のバラも虚栄をひめた
邪心の花で　かざるのか
儚い思いにみちた懸念のもと
最初の反響で　崩壊する治世
みせかけの支配権のために
もはや　泉の水のわかれるすべなく

《越境》から

ながれ　ながれて　ながれゆく
むなしい時代を
君は　深く悲しまない

いのちの意味

広大な平野には
ポプラの木立が群生《ぐんせい》して
日暮れどきのいま　窓辺にたつと
心が　よろこびにひたされる

かすかに　ふれあうような
大空と　大地とのあいだには
さまざまな色が　まじりあっている

いま　ここでは　いのちの意味は
とてもかろやかで　一瞬　のうちに
感じる　思いもよらない喜びに
はかりしれないものがある

《越境》から

言葉のほつれ

ぼくらが　あえて語ろう
とはしない　いつわりの
ぼくらの人生を　経て
潤《うるお》いのうしなった樹皮に
言葉が　ほつれている
絶壁の縁《ふち》には　いつも
おおくの見すてられた
虚ろな真実で作られた
夢が　ほつれている
孤独に飢えた大海には
波にまかせてながれる
木切れのように
思い出が　ほつれている
古いほつれや
新しいほつれは

《越境》から

僕らの　多くの旅をおびやかす
停泊地の輪を閉じるのだ

言葉の暗闇の中に

《越境》から

言わなかった言葉の
暗闇のなかにしずみ
心の凍てつく冷たさに
まよいこむ　夜
自由奔放に　情欲が
かがやいていた　日々
あまりにも　無分別に
暴力的だった　日々は
もどってこない

日常生活の古い
消耗しつくした手引書のように
ある　反復的な行いで
無関心に　見すごすなかを
こうして　時はすぎてゆく

その　執拗な沈黙が
死を　傷つけている

不安な未来

いまは　ここに立ちどまり
もう　でかけないことだ
おおく夢みる部屋の
扉をとじて　すでに印しの
つけられていた地図を
天井にふたたび　しまいこみ
人の往来《おうらい》する路上で
最初に出あう人に
手荷物をなげ売りし
考えなおすべき　時　である

いまは　ここに立ちどまり
もう　でかけずに
僕の家をかこむ小さな庭に
造ったばかりの　花壇の

《越境》から

花々の手入れをして
遠くの山道から
僕らの海を　眺めていたい

いまは　ここに立ちどまり
もう　でかけないこと
とはいえ　未来は不安定で
しかも　生彩にみちている

新しい季節

心が　きゅっと締めつけられ
思わず　ぎょっとするような
日没の
火のように真っ赤な色の　あと
夜の　もっとも奥ぶかいなかに
貝殻の発する木霊をぬい
ある種の　みだらな夢に
関心をしめさず　その声は
しだいに　消えてゆく

新しい情事のはじまる
季節に　いのちが
ついに　芽生えるように

《越境》から

とき

夜の
悶えのなかで　さまたげられ
身がよじれ　もつれてしまい
とらえられた　とき
うわべは　おだやかな
ふかい泥沼のなかに
しずみこむ　とき
終焉《しゅうえん》の　とき
移動するとき
越境するとき
まよう　とき
空に布を織る　とき
肉体関係で精通《せいつう》したとき
罪をからみあわせるとき
言葉で云いようのない

《越境》から

まつ時間をかくす　とき
死の　暗闇のなかで
思いがけなく
隠蔽《いんぺい》する　とき

悲嘆のしずく

悲嘆のしずくは
心のなかで
石となってゆく

自信をひきさく
官能の炎が
もえさかり
疑惑に点火する

見えない轆轤《ろくろ》は
お前の思いを
形につくりあげ
言葉をきざみこみ
不要な屑と
スラグをとりのぞき

《越境》から

記憶のかたまりに
軽い傷をつけ
それを　ばらばらに
解体し　忘恩のねむりに
誘われた　深淵のなかで
それらを　まき散らす

越境

わが人生の特徴は
越境　侵略
おそらく横領
また　一時的な悔恨《かいこん》
つかのまの確実性
他の　めずらしい瞬間に
満《み》ち満ちていた僕は
幸せだったろうか　と
ときどき僕は　過度の
気軽さで　自問してみる
そして山彦のかえってくる
なんの確証なく　生意気にも
恐怖で　危険のはらむ
答えの草稿を　つくっている

《越境》から

他の越境

まれに　とはいえ
ふと　気づくとき　僕は
いつも　幸せなことが恐ろしい
と思っていた　いまは失った
純真さ　その　ずうずうしさで
あのときを　懐かしむ

すべてが　ほこり
すべてが　灰　であるか
それとも　天上の言葉を
神秘的につたえ　ときには
大いそぎで　こらえきれず
心のなかに吹きこむ風なのか

とどのつまり　歳月のながれで

《越境》から

みがかれた石や岩にもどれて
星空の夜のような
透明さのなかで
永遠に継続するような
錯覚が持てるように　と

ことば（その一）

先日の　夜の静寂《しじま》に
ことばは　ほうむられ
もはや　声はない

渇望と異様な弱点
だらけの無謀さに
いのちは　ゆらぎ
この　非条理のなかで
不安を　とろ火で
こがしている

《越境》から

ことば（その二）

ときおり　ことばは
夏の陽光でうれすぎた
梨のように　木からおち
永遠にふく
かろやかな風にも
無関心に
また　いつも虚栄とゆるしの
さかいめで　秤《はかり》にとどまり
それを甘受する
大胆さで
表面がぶよぶよとなり
腐ってゆく

《越境》から

あなたの声

夜が　その胎内に
とどまりつづけ
一日が　どう始まれば
よいのか　わからないとき
あなたの声は　ときには僕の
意表をつく窮境《きゅうきょう》　というよりも
さらに　いわくありげに調和して
風のかなでる　楽の音《ね》よりも
遥かに　魅惑的にひびいてくる

《越境》から

ゆっくり根絶してゆく中で

ぼくらの　ことばは
つかいふるされた語根の
この　ゆっくり根絶してゆく中で
闇夜の沈黙から
町壁の罅われた
小さなシグナルから
恥辱されている

魂には　形があるのか？
あたりの月あかりに　みちる夜
らんらんと　輝くのを隠せない
燃えるような　その両眼をむけ
君は　答えを　またず
僕に　こう　たずねる
とはいえ　君の心のなかの

《越境》から

さけび声は　夢を切断する
大きな鎌より　もっと無謀で
胸をひきさき　絶望的なのだ

いまやあなたは

いまやあなたは　忘却で荒《すさ》びはてた
高原に　爆弾のように投下された
いくつかの言葉より　いっそう危険の
さしせまる草葉のあいだで　火を
あおりたてる　真夏の熱風のよう

幸せだった日々が　不可避にも
すがたを消すようなとき
なさけ容赦なく　ゆううつな思いが
その渦のなかに　あなたを巻きこみ
もうあなたが　翔びたつ勇気もないとき
僕は　あなたの迷路になりたくはない

照明の消えたステージで　つかれた
踊り子のように　あなたは動くだろう

《越境》から

希望の星

希望の星は　ようやく話しはじめ
このめくるめく　光のうずの
過去の時代の
不可解なできごとを　かたっている
闇から生じる　おおくの声のなかには
理性から無視される地域に在る
わかりにくい新造語と
寛大な情熱をともない
違反にみちて　朝になる

《越境》から

暮らしの数節

季節をまねき　公然と
もう　でかけることの
できない湿地帯の　この
断続的な　暮らしのなかでは
読んだり　書いたりする
数節が　まだ　たくさんある

漠然とした　薄明かりのなかで
人影が　ゆらめくとき
ますます気持ちは　混乱し
読み　なおさざるを得ない

今日の僕には　陽光が
思考よりも　はるかに強烈で
ことばが　太陽に焼きつく

《越境》から

聖顔布《せいがんふ》のような海を
のぞめるテラスで
読んだり　書いたりする
文節は　まだ　たくさんある

とある日暮れどきだった

《越境》から

夏のおわりの
とある　日暮れどきだった
あばら家が　夢のように
ばら色に染まっていて
感動のゆれが　空中の黄金色の
塵埃のなかに　きえてゆき
はるかにのぞむ　無垢な
山々のかなたへ
不可思議な　濃い
暈光《うんこう》とともに　太陽は
姿をけすのを　ためらっていた

まだ　子供っぽい声の
あの　ゲームの感覚で
また　ささやかな情熱に

くだかれてゆく　思いのなかに
さまざまな思惟の吹雪を
ひそめていた呼吸のあえぎとともに
不安な地平線へよせた
絶望的な詩句を
朗読するのに　てまどっていた

不可避にも　ちかづいてくる
魔女的な猛禽《もうきん》動物や
狼人間などの
住みかとなる夜　その
何ともいえない　胸さわぎを
感じさせ　夕暮れが
疾駆《しっく》して　近づくのを告げていた
舗装道路に　夕照《せきしょう》をきらめかせ
音を　とどろかせながら
さいごの家並みの　暗闇をこえ
無数の反響となり　きえゆくまで

足跡はさまよう

甘く奏でる
この天体の
空中に
足跡は　さまよい
あなたが　熱狂し
深い皺をつくり
陽気にさわぐ顔が
僕を　おそってくる

宇宙に生じる
すべてのことは
偶然と　必然性で
統治されている　と
（デモクリスト*が言った）

《越境》から

僕には　いま
永遠に　この灰色の
秋の　不思議な
メロディーのように
あなたが必要なのだ

＊ギリシャの哲学者　（紀元前四六〇－三七〇）

岩屋のなかで

こころのなかで　傷は
うずまき状に開いてゆく

くるった破片
ばかり　ではない

歴史の跳躍は
ねむれない夜の
もたらす無関心
不合理な矛盾を
いつも　昇華させている

詩はいまでも　僕らの生活に
絶対的な主役だろうか
僕を愛しながら

《越境》から

お前はわらい　さけぶ
そして　お前の岩屋の
深い闇のなかで
木霊をとどろかせる

絶壁の間際《まぎわ》に

嵐で　あれくるう波は
葦のしげみに
ひっそり　と生える
数本の　葦の葉を
なぎたおす
この冷たい風の
気配を誇張して
絶壁の間際に
まどろんだ思い出を
表面に　はこんでくる

その　横暴ぶりの
残酷な標的　と判別できる
ためいきや　声に充ち満ちる
不思議な厳粛さが

《越境》から

夕べになると　あふれでる

あの傷ついた　恋の
痕跡を　字面《じづら》の語彙の
スクリーンに
なにも　のこさないため
すべての　イメージは
覆いかくされた

女は泳いで去ってゆく

ときには僕の　気持ちのように
女は泳いで　沖へと去りゆき
波の間に　しぶきをあげて
波濤《はとう》のなかへ　きえてゆく

君は　眼差しで彼女をさがす
だがすべては　早朝の
夢みるような　ひかりの
照りかえしで　あふれている

たまたま　芽生えた感情の
高波にも　勇敢にたちむかう
冒険ずきな人々の　不正な
無責任さにかがやき　ふたたび
水面に　姿をあらわすのだ

《越境》から

#《越境》から

幸せな幼年期

冬の日々をすごした
幸せな幼年期　それは
ハンカチくらいの大きさの
雪のかけらが　ひらひらと
降りおちてくるのを
必死に　追いかけた日々
でも　手の平の　温《ぬく》みでとけて
きえてしまった　こと

幸せな幼年期
丘や　谷間の百合のような
しなやかで　やわらかな
あの白い　光のなかに
大空をさし　煙をはく煙突が
まばらにたつ　屋根の

色あいが　うつり変わるなかに
五月の種まきの
季節にまかれた　田畑《たはたけ》に
上下してゆれる　太い枝々の
葉の生いしげる　並木のたつ
ほそい　道ばたでは
すべてが　溶けあい
そこでは　カラスたちが
わがもの顔にふるまっていた

レナート・ミノーレ詩撰

レナート・ミノーレ

アブルッツォ州キエティ市生まれの、詩人、作家、随筆家レナート・ミノーレは、四十年来、ローマに在住、イタリア主要新聞の一つ、『メッサージェーロ』の文芸評論家として活躍中、ローマ大学教授を経て、現在ルイース大学教授。

詩集には《新しい日々》一九六五年レベッラート社刊行、《第五世代のフランシス会修道院》一九七〇年レベッラート社刊行、《昔以上には知らない》一九八五年レオーネ出版社刊行、《羽根とビリヤードの球》一九八九年モンダドーリ社刊行、《詩人の虚言》シャイヴィッラー社一九九三年刊行、《閉ざされた闇夜に》パッシーリャ社二〇〇二年刊行、《良心の進歩》シャイヴィッラー社二〇〇四年刊行、《自然の成り行きを見てくれ》モンダドーリ社二〇一一年刊行。

訳詩集《燃え上がる不在》高野喜久雄詩撰集、松本康子と共訳、二〇〇五年ヴェネーツィア・レオーネ社刊行。

作家としては、《レオパルディ、その幼年期、町、愛》ボンピアニ社一九八七年刊行、《ランボー》モンダドーリ社一九九一年刊行、(一九九六年文庫版再版《帰還》グイダ社一九九三年刊行、《心の領分》モンダドーリ社一九九六年刊行、《錯覚の鏡》ジュンティ社一九八八年刊行、《トントロ》サラーニ社二〇一一年刊行。

随筆家としての作品には、《ジョヴァンニ・ボイーニ》、《マスメディア、インテリ、社会》、《影の効果》、《モンターレ以降》、《電話の詩人》、《フェッリーニのアマルコルド》、《二十世紀のモラリスト達》、《他国のイタリア人達》(ダンテ・マリアナッチとの共編)、《夜のホープ》などがある。

彼の作品は多くの言語に翻訳されている。ストレーガ賞最終選出者、カンピエッロ賞、エステンセ賞、ブッツァーティ賞、フライヤーノ賞、カプリ賞、モデナ市賞、ペンナ賞などの受賞者。さらに、映画、テレビ作品、《ポー河》、《レオパルディ》、《ランボー》、《フライヤーノ》、《ブファリーノ》などの原作者。

解説

マリオ・ルーツィ

「僕らの何かが解るよう、努めてください」と詩の問題について、ヴラディミル・マヤコフスキーは言っていた。

理解することは、詩句を読む者の課題でないことを、レナート・ミノーレも良く承知しており、彼は、言葉を感覚上の伝達手段、として用いている。それは、どんなに身を焦がすような苦しみに満ちた解釈よりも、さらにいっそう、深い眼差しを鮮やかなものにする、魅力ある神秘的な夜の風、という、思いがけなく、素晴らしい恵みをうけいれるための、手段になるのである。

屋根の上にすべり落ちてくる夜、そこにこそ、夢の思い出、思い出の夢がある。心霊的なきらめき、その気配はしだいに消えてゆき、形跡や防備、相互依存関係の、いまだに密度の高い体系が、粉塵となってゆく。

まるで、様相の不明確さを助けてくれるように、空想にとらわれた網目《あみめ》を構想し、その幻覚のリアリズムは省略されて、まとまりのない断片的な短い詩句に、内容の充実性を獲得し、そこに、景色や大気、あるいは精神状態の素早い変化が、相ついで起こり、それらの状況は、名指しがたいことの極限で、つかの間に知覚する。それは情愛の体験と一体化し、現行の論理性からの背反に共鳴する、という、未知でパラドックスの領域であり、詩作の実践を通して、象徴されるものである。

そのありさまは、ちょうど、互いに追いかけっこのゲームをしているようだ。言語や技術主義、正確さなどは、事象の実在性と、想像力豊かで心象的なそれらの影の間におかれる、単なる風よけにすぎないのである。

ミノーレには、現実の重苦しさを解消するためにだけ、毎日を始める、日々の出来事のシャッターを必要とするのである。天使とか小妖精などの脆くて、精力的な姿、これらが詩句に現われ、愛の対象が特徴づけられる。それは（プルーストによれば）、『逃走中の存在』のようなものである。

多様に変容してゆくもの、とは、神秘主義の究極的視野と感情で表現される、肉体的接近を区別する領域を、一瞬のうちに通過してゆくことができる。

夜とは、パーネル[*1]とかヤング[*2]の描く物悲しい陶酔に満ちているものではなく、ファン・デ・ラ・クルス[*3]の言う、あの、無気力なものでもない。

ここでの夜は、俗人のそれである。生気に満ちあふれる驚きや感嘆、解放感なども同様に、この世のものであり、あの世のことを問いかけるからである。

その静寂《しじま》の中で、詩人は完全な問いに、熱心に耳を傾ける。そして「閉ざされた」闇の中に、「情熱や生きることのエネルギー」を見いだすのである。

おそらく闇は、広大な自然とか、聴いたこともない音楽の秘密を、深く隠すので、唇の動きだけでも、見たような気がした、ためなのかも知れない。

ミノーレは、その音楽が、ますます鮮明に聴こえてくるよう、叙情的な歌声を、さらにいっそう、広げてゆくよう、描写している。

＊1　トーマス・パーネル（一六七九－一七一八）アイルランドの詩人、墓畔詩の先駆者

＊2　エドワード・ヤング（一六八三－一七六五）イギリスの詩人、墓畔詩を前ロマンス派に流行を齎した。
＊3　ファン・デ・ラ・クルス（一五四二－一五九一）スペインの詩人、神秘神学者、裸足のカルメル会創立者。

《閉ざされた闇夜に》(二〇〇二年刊行)から

閉ざされた闇夜に

——ペトロニウス[*1]から

その一

髪の毛が　おちた
美のやさしい道具
すさまじい冬がきりおとした　早春の髪の毛
もはや疑いなく　いまや　僕らの額はむきだし
毛茸《もうじょう》のない南瓜《かぼちゃ》は　日の光にきらめいている
おお　偽善者やうそつきめ
お前らのたのしみでうばったものを
まず　僕らの青春にあたえてくれ

ああ　不幸なお前
お前の髪の毛は　金色に光をはなち
ポイボス[*2]やお前の妹の髪よりも　美しく輝いていた
ところが　いまでは　青銅品や円形状のように

湿地に生えた　きのこのように
つるつる　になっている
女の子たちから　ひやかされない前に
にげなさい
死は　早足でやってくるもの
いまや　しおれたお前の頭が　それを予告している

＊1　アルビトロ・ペトロニウス―　紀元後六十六年死亡　―ラテン語作家。
風刺小説《サティリコン》は、ネロ皇帝時代に書かれた、とされている。
＊2　太陽神アポロのこと

その二

閉ざされた闇夜には
夢が　僕らの不安な目つきを翻弄《ほんろう》する
おかされた大地は　富を公然と獲得し
どんよくな手は　支配力をあじわい
財産を　ごういんにうばいとり
額には　汗がしたたりおち

苦痛のため　頭脳が真っ青になる
その秘密があばかれた　いま
僕らの大切なものは　ぬすまれてもいい
朦朧《もうろう》とした頭から　喜びはきえうせ
現実が勝利をあげ　心は　失ったものをもとめ
とらえどころない幻覚に　すべてが鎮まってゆく

その三

プラタナスの木は
夏の日陰を　はかなく　ひろげている
野生のミニ果物の花冠を戴《いただ》くダフネに
しなやかな糸杉に　梢の折れた松の
ゆれうごく　たおやかな枝々　などに
あたかも　偶然に陰が生じるように
それらの木々の合間から
せせらぎがあわだちながら　すべりおち
その噴出力で　小石をみがきあげている
そここそ愛のであいの場　田園のナイチンゲールや

都会の燕たちが　草々や　濡れたすみれの花々を
かるく愛撫して　甘美な声で愛を歌っている

その四

その恐怖は　神々がまねいたものだった
天から襲った稲妻は　おおくの町を焼きはらい
アトス[*1]の山を　真っ赤にそめた
ポイボスは　町の上空を飛んでから
東方に　もどっていった
すると月は　美しくあろうと願い
その時　髪の毛を真っ白にそめた
それを証拠に　大地に　歳月の移りかわりが侵入した
信じやすい農民たちをかりたて　迷信が勝利をあげ
莫大な人の群れとともに　バッカス[*2]をいわい
初の収穫を　ケレス[*3]にささげたのであった
牧人たちのおかげで　そのころ　パレス[*4]の幸運がはじまった
こうしてネプトゥヌス[*5]は　波から波へ　と疾走し
ミネルヴァ[*6]は　もろもろの問題を統制するようになった

このように世界は　請願力をとおして　すりかえられてゆく
各人の貪欲ゆえ　誰でもが　一つの神を祭壇に祀っている

＊1　ギリシャの山の名前
＊2　酒の神
＊3　農業の女神
＊4　牧人の守護神
＊5　海の神　――ギリシャ神話の
＊6　智慧の女神、ギリシャ神話のアテナに相当

その五

視力は錯覚である　わけもなく
混乱した感覚が　虚言をもたらしている
このようにして　数メートル先の塔が四角形にみえ
だが遠くからは　完全な円形　にもみえてくる
完全に満たされた者は　あの甘美なイブレオ産*の
蜂蜜を拒否し　あなどった態度で　シナモンの
粉末を　もうどうしてよいか　わからない
関心事のあるなかでも　階層制を保護する意味を
めぐり　大きな争いが勃発しないかぎり　或る事は

他の事ほどに　あまり好まれない　にちがいない

＊シチリア島の町の名前。豊富な花々で有名な場所で、この町特産の蜂蜜は有名である。

その六

うつろいやすい影とともに
夢が　頭のなかでなびいている
神々は　彼らの意思でもないが
その祭壇から　下りてこない
各人は　自分のために　祭壇をたてている
疲れた身体が　ふいに眠りにおそわれ　朦朧となり
意識が　その当惑からのがれるとき
夜には　日中に体験したことがよみがえってくる
戦地では　野営テントの合間でパニックの種をまき
惨禍《さんか》の町を放火し　破壊して
武器をもち　逃げまどう兵士たちは
王の葬式や　広大な戦場で流された血に再会する
法廷のものごとに　なれている者らは

高貴な中庭に造られた裁判所を　目のまえに想像して
おそれをいだくのだ　　貪欲が金を独占し
さらに　かくされた財宝をさがしもとめ
猟師は犬をつれ　森の中をさがしまわる
たとえ居眠りをしても　船のりは　嵐から
船を救いだすか　船とともに　消えうせる
娼婦は　愛人に手紙を書き
姦淫は　いまだに彼女の陰謀のわざだ　と述べる
眠気のさした犬は　野うさぎの足跡をさがす
だが　夜の帳《とばり》に　宙吊りになった時間の中に
苦悩はつづいてゆく

その七

ふかぶかと　ベッドに沈みこみ　夜の静寂《しじま》を聴く
いつも　その　おなじ足音がして
僕を　眠りにつつみこんでくれる
ところが　そこに　アモーレ[*1]
手に負えないアモーレが　僕の髪の毛をひっぱり

僕を窒息させ　さんざん酷《ひど》い目にあわせたあげく
僕に眠らないよう　言いつけるのだ
それから　すぐに僕をとがめ
「ああ私の奴隷　多くの乙女を愛する貴方　ひとり
ベッドの中で無関心にくつろいでいるの？」
ベッドから飛びあがると　裸足《はだし》で
チュニカ[*2]をぱっと着て　僕は
戸外に飛びだし　すべての路上をさまよったが
なにも見つけなかった　時には　稲光のように
疾走しても　僕の歩調にもどるのが　はずかしくなり
そのあまり　突然たちどまり　路上に身動きもせずにいる
するとほら　ひっそりと　佇んでいるのは人と道路
鳥は鳴かないし　犬の吠え声もきこえてこない
あわれなことに　ただ　僕だけがいる！
眠気と　ベッドをおそれて
呆然と虚《うつ》ろに追うのは　君の声
それとも　強力なキューピット

＊1　愛の神エロス、キューピットのこと

＊2　古代ローマ時代に、男女が着ていたガウン風の衣服

その八

それでも　夜はやさしい
とはいえ　僕の愛《いと》おしいネアルチェ＊　激しく僕を
抱擁して　しばりつけたのは　夜だったのだから
たいせつなのは　ベッドがあること
告白しなかった秘密をいだいて
貴女は　愛の欲求を満たしてくれるから
生きているかぎり　とまることなく
こんなに　僕らのもので
こんなに　はかない僕らの人生
その日々を　たのしく謳歌しようではないか…
神々と　人間どもの掟によって
愛が　老化することもあるのだから
生まれたとき　僕らを燃えあがらせた
ものを　早く消耗しない　ことである

＊ペトロニウスの愛人の名前

その九

人　それぞれに　好みがあり
　皆が　同じものを　愛しない
　　刺《とげ》を　独り占《じ》めにする人がいて
　　　バラの花を　愛する人がいる

その十

おお　わが人生でこよなく愛する浜辺
おお　わが海よ
僕の町にたどりつく者の心は
喜びにみたされる
おお　恍惚の日々
田畑をさまよいつつ　会戦準備のできた
トロイア*軍隊を戦いによびもどす
情景を　おもいえがいてみた
ここでは　泉が水面に反映し
藻草《もぐさ》がみっしりと　浮きあがっている

これが　僕の　ほのかな望みで
そのため　帰省するのは確かだ
人生は　消耗する
僕の悪運をねがう　誰も
僕にいのちを与えてくれた　その優しさを
僕からもう　取り除くことはできないだろう

＊ホメロス作の《イリアス》の、古代ギリシャの伝説的戦争。

その十一

そこでは　風と海が交互に成果をあげて　戦っている
ここでは　小川が愛する大地へ　と　しめやかに滑りだす
そこでは　舵《かじ》とりが自分の船の破損を　なげいている
ここでは　牧人が穏やかな川に　羊の群れを水浴させている
そこには　のしかかる死が　その喉元を大きくあけている
ここには　穀物が弓なりの鎌の一撃で　おとなしく倒れおちる
そこでは　水溜りの中で　すべての口が　喉の渇きで干上がっている
ここでは　不実な夫へ　あられのようにキッスを与えている

ペネロペ[*1]が信頼して　日々を　おだやかに暮らすからこそ
流離《さすら》いの人オデュッセウス[*2]は　永遠に航行できるのである

＊1　オデュッセウスの妻、夫の不在中、貞節を守りつづけた
＊2　ホメロス作とされる、長編叙事詩《オデュッセイア》の主人公

その十二

情交の喜びは　つかのま　にしか過ぎず
快感をおぼえた時には　すぐに飽きている
それでも　獣《けもの》のように　欲望に飢えるのだ
所有欲に分別をうしない　セックスに浸るが
その後　愛はしずまり　情熱はよわまってゆく…
こうして　そのうち永遠に　休暇状態に入ってゆく
君と一緒に寝て　君に　たくさんの愛撫でうめつくす
乱暴にひきとめないが　僕は顔をあからめて　やめる
こうしてやってきたし　僕の望みは　いつまでもこうだろう
欲望はつき果てることなく　むしろ　灰からよみがえってくる

貝殻

《閉ざされた闇夜に》から

——地図は領土ではない
名前は規定されたものではない
グレゴリー・ベイトソン[*1]

神秘なものに焦がれて
浜辺に着いた　彼
存在することの　遠さ　近さ
にかかわらず　天のめぐみには
ただしい普遍的な瞑想への
期待　とか前提があった
ところが　誇張したため
神秘さを既知のもの　とか
期待したことに　かえてしまった
ほのかに蒸気がたちあがっていた
カオスの　きまぐれな産物の貝殻に
彼は思いをはせた　　どこかで
——その場所はもとより
記憶の闇の中とか　いつも

可能だが　欠点だらけの
形態をもつ　宇宙の中の
いったいどこに　神秘をやどす
のかも　しらなかった――
おどろいて　白目をむけた微粒子[*2]たちが
いた　にはちがいなかったが　　つまり
それらをよく観てごらん　　君をみつめて
おどろいており　うつされる　その眼差し
という　鏡のなかに　すべてがあるのだ
地平線のかなたへ　と僕は視線をうつした
そして　待ったのだが　なにも見えない
賢明な　僕の「艦長さん」
液体は　世界のかけらの
もろい地下道のなかでかたまってゆく

＊1　イギリスの文化人類学者（一九〇四－一九八〇）
＊2　フランスの哲学者、思想家ジャン・ギトン（一九〇一－一九九九）と　詩人ミノーレが会談中、物質のある種の「知的」行動に唖然とした、と述べたギトンの言葉、と作者は注解を付けている。

物語の画布[*1]

《閉ざされた闇夜に》から
――クロード・レヴィ・ストロースの[*2]《日没》によせて

その一

刺戟と閃光
爆発と花火
衝撃と輪郭《りんかく》
海面にうつる　バラ色にいろどられた
雲の砦をこえ　空のなめらかな
石板のうえで　太陽が
もえるとき　シャーマンは
もはや　無感動の世界の幻覚に生きる
たとえ彼のは　たのしい苦痛
ではなく　廃止された記録を
確認しなくとも　すでに
意識不明　となっている
その　脱魂状態で　彼は

さらに　明白に見えるのだろうか
身をすぼめているような　木々の
不動の輪郭のほかに　なにが
つまり　他の景観…
地平線を中断するような
たとえ　ささいなことにせよ
それはなんだろうか
山が　単に山であり
水が　単に水である現在
他のなによりも　和合に
みちる石は　すべての言葉よりも
はるかに知識ゆたかな　ゆりの花の
くぼみのなかで　芳香をつつんでいる

＊1　クロード・レヴィ・ストロースは、彼の未完作品《陰気な熱帯》の初めの頁に、日没の情景を何度も思い出して述べている。
＊2　フランスの社会人類学者、思想家（一九〇八－二〇〇九）アメリカ先住民の神話を中心に研究した。

その二

あたかも　始まらなかった
すべての発端《ほったん》から　蝶々の
あの　せわしそうな回転を
告げていた　かのように
かろやかな　しぐさで
すばやく　飛翔すると
愛のやさしさに　まもられた
ぬくもりのある家　笑いごえ
たのしい集いの場　サロンに
さしこむ　陽ざしなどを後にして
家族の　無関心な壁の肖像画の
合間をとびかよい　さってゆく
と　思うと　刺だらけの芝生に
蝶はたちどまり　休けいし
昆虫たちは　身についた
分泌物を　もちさってゆく
地面は　この大地のままで

草は　この草原とおなじもの
あちこちで　燃えあがる炎のそばにいれば
あの　空虚さは満たされるだろう
いや　最高に満たされるにちがいない
金属のように　ほりこまれた闇の中で
ゆきかよう旅の言葉が
夢から滴りおちている

羽根とビリヤードの球《たま》

《閉ざされた闇夜に》から

――見せ得ることは
言葉では　言いあらわされない
ルードヴィヒ・ウィトゲンシュタイン*

その一

四個の　色とりどりの球は
まさに　つかれる寸前であった
ところが　射出《しゃしゅつ》は　いつまでも
延期されていた　　そのむかしから
玉突きは　架空の正方形のかたちをして
その中央には　あらゆる色彩を集中する
見えないところがあった

長く伸びた玉突き台は
水や砂の　はてしない
広がりを見せていたが
水も　砂も　なかった

その二

最初の球は　赤
ざくろの　中身のように
種をさがそうとして　実を二つに
わってみたい　きもちになる
そんな　赤の色あいだ
第二の球は　緑　　草原にいる
羊がはねあがるとき　草原に
うっすらと　ヴェールをかけるように
小雨のしずくがきらめく　緑の色
第三は　白で
また　それは雪だった
氷結した雪塊　とか
まだらな雪　あるいは　光と影を
なくすため　形をぼやけさせる
くもり空のような　色あい
第四の球は　黒
それは　ほとんど見にくい鏡で

うつしだされる　イメージ
内部　にはなく
表面のなか　にあり
あたかも　空虚が
あの　真っ黒な空洞で
満たされるような色だった

その三

ゲーム開始のうごきは
一個の球から　はじまることを
待ち　球は　うごかなかった
とは云え　待つことの沈黙は
苦になる　ことではなく
ごく自然な様子をみせていた
撞棒で　うたれなかった球の
赤や緑　黒や白　のように

その四

その　空《くう》の漏斗《じょうご》から

ひとつの　かろやかな羽根がおりてきた
まさに　ゼピュロスのひと吹きで
架空の境界線に　おちてきた
あの　沈黙に共謀してか
もともと羽根は　こんなにも
実体のないもの　だから
ちいさなうごきができなくて
羽根自身でスピンしながら
おりてきた

その五

赤い球に
かるくふれると　空中に
とてもやわらかな震動をあたえ
ゆるやかに　球は回転し
緑の球にふれながら　転覆した
それから　緑の球が
白にさわると　白球は黒へ　と走り
まがりくねる動きがつたわってゆく

そのあいだ　羽根は底のほうに
おりてゆく　すると
漏斗の中に　すでに沈みこんでいる
あの　四つの球にひきずられて
さらに　すべりおちてゆくのだが
おそらく　泉に面《おもて》をうつす
ナルシス　さながら
自分の姿に見惚《みほ》れながら

＊オーストリア・ウィーン出身の哲学者、言語哲学者（一八八九－一九五一）

特典

《閉ざされた闇夜に》から

——最初　また　その次をはじめる
前には　何があるのか
深遠な難題であり
いまだに　何もわかっていない

ジョルジョ・パリージ[*1]

時間にも　その特典があり
その証拠のもとに生きる者は
それと　腐食や栄華をわかちあう

とはいえ　ビッグ・バンのまえに
生存したのが　——実在　思惟　天地——
かりに　幼虫の外観を補償にしても
彼はみとめられなかった　とするなら
じっさい　どこに棲息《せいそく》したのだろうか
また　もしも　そのトランセプト[*2]から
脱して　克服できない距離をしめそう
と　ますます赤くきらめく光りの

形のなかに　生存の種を撒《ま》く
この　巨大な形態変化から
除外される　とするならば　…

＊1　イタリア・ローマ生まれの物理学者（一九四八年－）
＊2　キリスト教のバジリカ式教会建築で、建物内中央に長く伸びる広間（身廊）と、その両側の廊下（側廊）が直交する部分を指す翼廊のこと。

星のまたたく夜空を見つめる人に

《閉ざされた闇夜に》から

夜空を見あげれば
かたまった星雲は
高さと恐怖を　おしつけてきて
この　きゃしゃな地表では
いのちとは　驚異的なことであり
すべてのいのちは　またたくまに
無　に帰せられ　注意ぶかく
釣りあうものと　うしなうもの
ささやきと沈黙を観察しはじめ
雲のなかにあらゆる形で
えがかれて　すべるように
すすむ一群の　雲の場所や
蛍の鼓動は　われらの時間であり
また　われらの死　でもある
この　たわわな言葉は回転し

その懸隔に　めまいがはじまり
あたかも　子供が浜辺で
くりかえし　星のまたたく
むなしい穹窿《きゅうりゅう》の　ふかい裂け目を
かくそう　と砂でうめるのが
不可能なように　　さらに
小箱のなかにすいこまれた
昆虫たちが　ちくちく刺すのを
空想して　愛撫　とおもいちがい
絶望的な合図　ではなく臭いを
かぎつけよう　としているように
虫たちの動作が自動的におこなわれる
その偉大さにふれることを
理解できず　箱のガラスを
とりはずす　あわれみがあれば
願いの　ようやく達した時を嗅ぎつけ
喜びにひたる彼らを　見るだろう
だが　あわてて　その望みの紐を
たちきり　嘆願して愛撫するのが

あわれみ　なのだろうか
地平線のはるか　かなたの剥きだしの
沈黙をさしとめ　それを　自由に
させるのが　あわれみ　なのだ
また他の場合　意味と知識でふくらむ
鑑識眼を刺激することができよう

きらめく光を聴く　しかない

それは　もはや虹色の突風と嵐の
ひびきになり　ふたたび　その無の
ほのかな静けさからの　とりこになり
生きることの　情熱と強さを　危険に
さらしても無理はない　と語りかける
そして　岩屋の初めの子孫を信じ　また
その後　夜空の星の　すべてのうごきが
おどろいて　大きく瞠《みは》る瞳のなかで
燃やす初期の言葉で　きざまれた
石板をくだいたように

《閉ざされた闇夜に》から

——私が在ることは
　私の知っていることにくらべると
　計りしれないことである
ポール・リクール*

聖ローレンス

うすい布を織る
おろかな蜘蛛のように
むらがるカタツムリが
もろい殻を身につけるように
海底の貝に　あこがれる
ひそかな軟体動物のように
アフリカ沿岸の上に在る
青い土の　高原に面する
アラビア人のオリーブ畑にたつ
松の大樹の蔭の　蛍のように
暗い夜の帳《とばり》が　海面におりて
蛍の数匹が　ときどき　下へとおちてゆけば
大地では　その光のため息が　緑色に

仄かに　かがやくように　思えてくる
それは　気絶《きぜつ》しそうに　遠い景色なのだが

そこには　無駄なかがやきは見られなかった
それを見たい欲望に　駆られてしまい
僕は　その眩惑に　まごついたが
その光景は　おぼろになりはじめ
ふたたび　もどってきた静けさが
詩作への意欲に駆りたててくれるのを
冷静な情熱で　まちわびながら

＊フランスの哲学者（一九一三－二〇〇五）

《閉ざされた闇夜に》から

余分品のメモ帳

Ⅰ

クロワッサンのないのは
食料配達人の
気持ちしだいです　と
バーマン[*1]が　云った
わずか　一日のうちに
どれだけの好意を
待ったことか

Ⅱ

すでに　電池のきれたコンピューターに
できうるかぎりの時間をついやしたが…
もはや　消耗品として　とりのこされた電池に
永遠が　しずくをたれていた

Ⅲ

闇夜に　松葉や松の実をつきさそうと
森のなかを　小さな妖精たちが
とびまわるころになると
良家の人たちは
夢想にひたりながら
すべてが　少しかわったことを
感じる　といつわる者の喜びを
満たすため　皆があつまってくる
――その変化とは　まったく気づかないほどの
　意識の閾《いき》　とは云え
　赤毛の伯母さんは
娼婦になり　その息子や
不実な父親　母親は
永遠にゴロゴロ　と喉をならす
虎斑《とらふ》の猫に　すがたをかえる
そして猫は　費用いっさいこみの
観光旅行の後　目もさめるような

美人の　かちほこった
エジプト女王となる
児童農園のなかには
去勢された牛たちの公園があり
素行のうたがわれるあばら家には
炊かれた香の煙が　たちこめて
そこには　だれかが　――有名な
話だ――　お前の神経をいためるほど
お前を魅了し　ひきずりまわしたが
その　しつこい頭痛は一変し　小さな教区
教会に出現した　聖人たちのおかげで
奇跡となり　司祭たちは　すばやく
あらゆる習慣　濫用にのりだし
〈天におられる〉[*2]を三回
〈アヴェ・マリア〉[*3]を一回
〈栄光は…〉[*4]を一回
となえながら　お前の魂を
清めるのだ　２０２３年までは…

Ⅳ

『命とは　生きながら　見えてくる
そのほかは　夢や思い出
と　みなすべき　ごまかしである』
と述べた預言者は
まことに　ふうがわりな人だった
ガチョウの羽根をつけた
ぼろぼろの帽子をかぶり
ファスチャン・ズボンを穿いて
まるで　《赤影》[＊5]が
すがたを　あらわしたようだった
あぶらじみた　ばかデッカイ鼻
ミート・ソースの肉だんごのような
多くのむだ話は　オペラ歌手の
ように強力な　彼の声が効果して
いっそうのあじわいが　ついてくる
きどった家族　彼のとりまきを連れ
黒オリーブをたべに　少なくとも

ぼくらの逸楽を　守護しない
責任ある権威者に　反発するため
デルタぞいに　走ってきた感じだ

V

港から沖にでると
セイレンたちの姿が見える
あまり　軽率になりたくない
既存者を減滅させる　おろかな
世界だが　その　大きな規律に
もっと　近づいてみたいものだ

VI

いまは　檻のことで頭がいっぱい
野獣をとらえてみたいのだ
彼らのお辞儀やピルエット*6の
姿を想像するのは
なんと　たのしいことか
頭を野獣の口にいれる者の危険

観衆に　挨拶まわりをしたり
ひととびして　椅子にすわる
それらの曲芸　おお　僕の野獣よ
用心ぶかく　遠のいていてくれ
檻なしでは　お前は御《ぎょ》しがたく
また　恐怖をあたえないのだから

＊1　コーヒーや酒類、サンドイッチなどの軽食もできる喫茶店の店員のこと
＊2　キリスト教徒の、天なる父へ祈る『主の祈り』
＊3　同じく、キリスト教徒の『聖母マリアへの祈り』
＊4　キリスト教の信仰宣言『栄唱』
＊5　ジョーン・フォードの映画のタイトル
＊6　バレーやスケートなどで、素早く身体をつま先で回転させる技術

《閉ざされた闇夜に》から

はてしないものには、形はない

レオナルド・ダ・ヴィンチ

無限を再読して[*1]

いまの時代は　虚脱状態だが
君の時代は　殺虫剤でいきおいよく
飛ばされた蟻が　眠りからめざめ
死から生命を　識別するような
極微の時代　でもなかろうよ
無から　時のながれが　さかのぼるだろうし
あたかも　あるイヴェントのため
形態の錯誤が　成長にひつような
熱量を　うばうか　のように
僕らが　裏切られていたことを
しらせてくれる
親切な者は　だれもいないだろう

君の　おどろくべき平静さも　同様に……

ミサ聖祭のホスティア[*2]は
君の　はかりしれない
おどろき以上に　僕らとは
関係なく　くりかえされてゆく
僕らには　既知のことだ
とも　しらず　視聴覚可能な
カレンダーの　智恵のとぼしさを
さらに　ふるえあがらせている

＊1　イタリアの詩人、ジャコモ・レオパルディ（一七九八－一八三七）の作品《無限》
＊2　カトリック教会でのミサ聖祭で聖別された聖パンの小片

海面のイルカ

——マリオ・ルーツィへ

三匹のイルカが　海面から
バネのように跳びあがっていた

淡青色の瞳*の老詩人は
つい　きのうまで言っていた
『まことに　記憶は
耐えている　それどころか
記憶の対象の　現存する
ところで　耐えている』　と

燃えあがらなかった
炎のあと　のように
この黒ずんだ砂には
たとえ　微々たるものでも

《閉ざされた闇夜に》から

あの　海蝕の証拠とか形跡が
やはり　在るにちがいない
それらの　自然の妨害から
解放された物質があったり
月の斜光に照らされて
殻からぬけだした　などの話は
前代未聞のこと　のように
僕には　おもわれていたから

化石になった
ラジオ受信機とともに
はじめに　もどってみよう

（その入り口は　ごったがえし
僕に　バランスをもたらす
軸はどこか　としても
はるけさが　望まれるのか）

イルカは　自由自在に海面を

跳びあがり　踊りをくりかえしている

＊二十世紀イタリアの大詩人の一人、マリオ・ルーツィを指す。

《未刊作品》から

風と一縷の愛

その一

いまの　僕とあなたは
まるで　電線の表面を
むりやり　うごかざるを
得ないような状態に　在る
それは　電線の
あの　周り　ではなくて
その　ディメンションだ　と
僕は　気づくだろうし
あなたも　気づくだろうよ

あなたの　いのちの救い主は
保護されない　いのちを
あなたが　所持できるか

どうか　と　いま
あなたに　問いただす

その二

あなたの心は　矛盾だらけ
一般的な状況を知らずに
特殊なケースだけを　みて
子供の領分で行動するので
大人だ　と思っている

海について　聞かされる話や
夢みることを　信じないように
とてもおそろしい　海の力とは
縁の焦げついた　地図のように
痛めつけられた雲や　白いイルカに
懐郷の想いを馳せる　というより
はるかに　カオスに近い　ものだから
とはいえ　僕のゆるせない

ゆいいつの　咎《とが》めだて　とは
僕に　ふさわしかった
まさにその　咎め　なのである

ことの成り行きを見る

《未刊作品》から

青空にとぶ　蛍のように
赤くひかる　血のかたまりが
うす緑の　ガット*の弦で
黒い垂れ幕へ　とんでゆく

青空にとぶ　蛍のように

偶然　ピクセル**がおどっている　偶然に
前へ後ろへ　上に下へ　と跳びはねて
ちいさな致命的な裂け目で　かたまって
矢のように燦然《さんぜん》　と通過して　飛んでゆく

偶然　ピクセルがおどっている　偶然に

あの　赤い点状の裂け目から

均斉のある　と同時に不規則な
形の輪の　なぞが　降ってくる
スクリーンの上の　緑色の輪

あの　赤い点状の裂け目から

いかに　輪がふえるかを　見てごらん
緑のリボンが　増大するあいだ
ゆききする　赤いピクセルの霰《あられ》が
輪を　はげしく　たたいている

いかに　輪がふえるかを　見てごらん

他の三個の　一対《いっつい》のものを守る
第三の輪は　まだ　不規則な形
それが　ついに　とつぜん爆発すれば
はてしなくつづく瞬間　におもわれる

青空にとぶ　蛍のように

偶然　ピクセルがおどっている　偶然に
あの　赤い点状の裂け目から
いかに　輪がふえるかを　見てごらん

はてしなくつづく瞬間　におもわれる
そして　輪はあえぎ　高く鼓動している
構図のない　デジタル用ブロブは
細長いか　規定されている――見るとおりだ

そして　輪はあえぎ　高く鼓動している

さて　二個のブロブは　不可避に抱擁する
はじめ　たがいに嗅ぎわけ　それから混和する
とりもどした　それらの単一性の
法則が書きなおされる　とは信じない

はじめ　たがいに嗅ぎわけ　それから混和する

時はためらい　眩惑するそのシーンを

七つの大ブロブが　占有するあいだ
おだやかで　従属的　あわれな
ピクセルを　捕虜には　しない

七つの大ブロブが　占有するあいだ
皮膚の下をこすり　こすってみろ
材木や　ブロンズの宿命から
はやく　すくいだすようにした

とても賢いものを　君は見いだすよ

いかに機能するか　理解できるため
その体制を　産みださねばならぬ
だが花を　どのように　つくるかを
どうして　種子に　知らしめるか

そして　輪はあえぎ　高く鼓動している
はじめ　たがいに嗅ぎわけ　それから混和する
七つの大ブロブが　占有するあいだ

とても賢いものを　君は見いだすよ

古代都市の　ヴェールのしたで
安全な道路や　自由な新開地を
管理することの　特別指令を
いかに機能するか　理解できるため

管理することの　特別指令を

おなじ瞬間に　まったく　おなじ動作を
みなが一緒に　おこなう踊り　ではなくて
身体で表現しあう　自由な調和を
維持するどころか　熱狂的な見せかけなのだ

維持するどころか　熱狂的なみせかけなのだ

活気のある街には　すべての困難を
のりこえるため　認識し　伝達して
ひつようなことを考案し　対策を講じる

自然にそなわった能力が　あるものだ
ひつようなことを考案し　対策を講じる

おおくの街も　学びとっている
多くの人の　知識をよせあつめ
人類の　苛酷な歩道で
記憶の情熱を　維持している

記憶の情熱を　維持している

僕らを皆無にする　あの　わずかな動きが
どこへ僕らをいざなうのか　わからない
とはいえ　あの動きには　多くの人の
暗愚な智恵があることを　知っている

管理することの　特別指令を
維持するどころか　熱狂的な見せかけなのだ
ひつようなことを考案し　対策を講じる

記憶の情熱を　維持している

多くの人の　暗愚な智恵が　ある
恩恵の　ちぢかんだ強さが　ある
動きの　無比な美しさが　ある
種の　時宜をえた回帰が　ある

ことの成り行きを　見ていること
過ぎ去って行くのを　感じていること
永遠に滴を　したたらせておくこと
ピンの刺す痛みに　うずくまっている君

かりに　領土の支配力が
法律や　見通しの欠如にある　とすれば
僕らの見た夢を　判断しないならば
では　判断したことを　夢みようではないか
その完全な　国家機構の事情により
加護をうけた　その時は　めぐまれているが

思想はわめき立て　ますます強く　ののしり
その要求に　僅かなものが　提供されるのだ

種の　時宜をえた　回帰がある
ピンの刺す痛みに　うずくまっている君
では　判断したことを　夢みようではないか
その要求に　僅かなものが　提供されるのだ

＊　羊・豚などの腸から作られた糸や紐で、ラケットの網や楽器の弦などに用いる。
＊＊　画像を構成している最小単位のこと。

編訳者紹介

松本康子（サンマリーニ松本康子）

東京芸術大学声楽科卒業、ローマ・サンタ・チェチーリア音楽院終了。

一九六九年イタリア国営放送局（ＲＡＩ）の「新人歌手」紹介番組に、同放送局ローマ響の伴奏でデビュー後、イタリア各地でソロ活動を行なう。主にＲＡＩの四大交響楽団、ミラノ、ナポリ、ローマ、トリノ響で、世界初演曲や演奏稀な作品のコンサート、録音を行い、サヴァーリッシュ、ベルティーニ、ベッチャー、バルトレッティその他、多数の著名指揮者と共演。これらの実績が認められ、一九七七年、指揮者ニーノ・アントネッリーニの招聘を受け、当時「ＲＡＩのダイアモンド」とも呼ばれていた、高名なポリフォニー団体に加入。ＲＡＩ専属ポリフォニー歌手としてイタリア全土、欧米諸国で演奏。その間、ヴィヴァルディ未刊作品の紹介演奏を始め、古典音楽グループでカリッシミ、その他オラトリオのソロ活動を行い、堅実な職業歌手として幅広い演奏活動を体験する。

一九九三年から日伊文化交流に参与。特筆される企画は一九九九年の聖年に因み、ローマのサンピエトロ大聖堂聖門の開門式に、琴演奏による、初の日本音楽の参加を実現させ、その模様は全世界に向けてテレビ中継された。二〇〇一年の「日本におけるイタリア年」に、イタリア外務省、東京のイタリア文化会館からの招聘で、松本訳による二冊の音楽書、《パレストリーナ・その生涯》、《ヴェルディ・書簡による自伝》の紹介を行う。

一九九六年より、日本現代詩のイタリア語訳出版を行う。とりわけ、イタリア最大の出版社、ミラノのモンダドーリ社刊行の「オスカー・モンダドーリ二十世紀詩叢書」に収載された、高野喜久雄の詩撰集《遠くの空で》は、イタリア国内の主要新聞、文学誌などで大々的に取り扱われ、非常に高い評価を受け、高野氏は、二〇〇五年に複数の『国際詩人賞』をイタリアで受賞。さらに、イタリア現代詩の邦訳詩を日本の詩誌「詩学」、「貝の火」に紹介。

二〇一〇年、イタリア二十世紀の二人の詩人、アッティーリョ・ベルトルッチ、マリオ・ルーツィの詩作品を収載した詩撰集《言葉よ高く翔べ》の邦訳出版のメリットとして、編訳者松本に、イタリアで非常に高名な『国際フライヤーノ賞』が授与される。一九九七年、高野喜久雄の詩に作曲した、自作歌曲のリサイタルを東京で開催。この演奏会評『……詩の強烈な内容は心の最深部で受け止められ、言葉と音の結びつきの自然な歌に昇華されていた……』（《音楽の友》誌掲載、林田直樹氏著）と好評を得、さらに二〇〇八年秋、東京の津田ホールに於いて、歌人、春日真木子氏の短歌に作曲した、女声合唱のための組曲《春日真木子短歌抄》が、鈴木茂明氏の指揮で女声合唱団コーロ・コスモスにより初演され、好評を得、また、アッティーリョ・ベルトルッチ、マリオ・ルーツィオの詩に作曲した松本の歌曲が、二〇一一年六月、ヴェローナ市で開催された、「詩歌国際アカデミー」創立十周年記念大会に於いて、イタリア人テナーにより初演され、非常に高い評価を得る。

イタリア著作権協会（ＳＩＡＥ）「歌曲部門」会員。ローマ在住。

主な翻訳書

《水のいのち》日伊対訳・高野喜久雄詩撰集（松本康子、マッシモ・ジャンノッタ編訳）
ローマ・エンピリーア社、一九九六年刊行

《パレストリーナ・その生涯》（リーノ・ビヤンキ著、松本康子訳、金澤正剛監修）
東京、カワイ出版、一九九九年刊行

《底のない釣瓶》日伊対訳・高野喜久雄詩撰集（パオロ・ラガッツィ、松本康子編訳）
ローマ・ピアッツォッラ財団、一九九九年刊行

《六体の石の御仏》日伊対訳・日本現代詩アンソロジー（松本康子、マッシモ・ジャンノッタ編訳）
ローマ・エンピリーア社、二〇〇〇年刊行

《ヴェルディ・書簡による自伝》（アルド・オーベルドルフェル編著、マルチェッロ・コナーティ校閲、松本康子訳）
東京、カワイ出版、二〇〇一年刊行

《遠くの空で》高野喜久雄詩撰集（パオロ・ラガッツィ、松本康子編訳）
―オスカー・モンダドーリ二十世紀詩叢書　ミラノ・モンダドーリ社、二〇〇三年刊行

《オラトリオの起源と歴史》（リーノ・ビヤンキ著、松本康子訳、金澤正剛監修）
東京、カワイ出版、二〇〇五年刊行

《眩暈》日伊対訳・日本現代詩アンソロジー（松本康子、マッシモ・ジャンノッタ編訳）
ローマ・エンピリーア社、二〇〇五年刊行

《燃え上がる不在》日伊対訳・高野喜久雄詩撰集（松本康子、レナート・ミノーレ編訳）
ヴェニス・エディツィオーニ・レオーネ、二〇〇五年刊行
《言葉よ　高く翔べ》イタリア二十世紀の二人の詩人、アッティーリョ・ベルトルッチと
マリオ・ルーツィ（松本康子編訳、国際フライヤーノ賞受賞）
東京、思潮社、二〇〇九年刊行
《パルマの光》アッティーリョ・ベルトルッチの人生と作品（パオロ・ラガッツィ著、松本康子編訳）
東京、思潮社、二〇〇九年刊行
《弥勒のうなじ》日伊対訳・春日真木子短歌選集（パオロ・ラガッツィ、松本康子編訳）
ベルガモ・モレッティ・ヴィターリ社、二〇一一年刊行

作曲集
《蓮の花》高野喜久雄の詩による、松本康子歌曲集
ブレーシャ・エウフォニーア社、二〇〇四年刊行

著書
《日本を愛して五十五年》（ガブリエール・ブドローの歩み）
東京、カワイ出版、二〇〇七年刊行

参考文献　Bibliografia

Daniele Cavicchia　“La malinconia delle balene”, Firenze, Passigli Editori, 2004
“Il custode distratto”, Pescara, L'edizioni Tracce, 2002
“Dal libro di Micol”, Fienze, Passigli Editori, 2008

Dante Marianacci　“Signori del vento”, Chieti, Edizioni NoUbs, 2002
“Sconfinamenti”, Budapest, Széphalom Konyvmuhely, 2010

Renato Minore　“Nella notte impenetrabile”, Firenze, Passigli Editori, 2002

Grande Enciclopedia, Istituto Geografico De Agostini, Novara, 20 volumi

広辞苑　第五版　岩波書店

風《かぜ》と一縷《いちる》の愛《あい》

——イタリア・アブルッツォ州の三人の詩人
D・カヴィッキャ、D・マリアナッチ、R・ミノーレ

著　者　松本康子《まつもとやすこ》
発行者　小田久郎
発行所　株式会社思潮社
〒一六二―〇八四二　東京都新宿区市谷砂土原町三―十五
電話〇三(三二六七)八一五三(営業)・八一四一(編集)
印刷・製本　美研プリンティング株式会社
発行日　二〇一三年四月一日